LA FILLE DU PAPE

DARIO FO

LA FILLE DU PAPE

roman

Traduit de l'italien
par
CAMILLE PAUL

BERNARD GRASSET
PARIS

L'édition originale de cet ouvrage a été publiée en avril 2014 par Chiarelettere editore à Milan sous le titre :

LA FIGLIA DEL PAPA

Les illustrations ont été dessinées et peintes par Dario Fo avec la collaboration de Jessica Borroni et Michela Casiere. Photos de Luca Vittorio Toffolon.

ISBN 978-2-246-85525-5

Et les hommes sont tant simples et obéissent tant aux nécessités présentes que celui qui trompe trouvera toujours quelqu'un qui se laissera tromper.[1]

NICOLAS MACHIAVEL, *Le Prince*

1. in. Machiavel, *Œuvres complètes*, bibliothèque de la Pléiade, Gallimard, Paris, 1952.

« Mon Dieu ! Vu d'en haut et entièrement nu, tu es encore plus beau ! Mais à quelle Maison appartiens-tu, Napolitain ? »
– *Lucrèce à Alphonse d'Aragon*

AVANT-SCENE

« Dans l'œuvre à laquelle nous avons assisté, presque à l'avant-scène, se tenaient des enfants qui se contentaient d'observer avec stupeur ces pantomimes grotesques des plus vulgaires. »
– Lucrèce à son frère César

Lucrèce

PRÉAMBULE

A pieds joints dans la fange.

La vie, les triomphes et les infamies plus ou moins documentées des Borgia ont été à l'origine de bien des œuvres et pièces de théâtre, mais aussi de remarquables films avec des acteurs de renom et même, dernièrement, de deux séries télévisées qui ont connu un immense succès.

Pourquoi un tel intérêt pour les faits et gestes de ces personnages ? Le manque total de moralité qu'on leur attribue au fil du récit – une existence débridée, tant du point de vue sexuel que social et politique – y est sans doute pour quelque chose.

Dumas, Victor Hugo ou encore Maria Bellonci figurent au nombre des grands écrivains qui nous ont raconté les drames, le cynisme et les amours de cette puissante famille. John Ford reste toutefois l'un des plus célèbres. Ce dramaturge élisabéthain du début du XVIIe siècle a en effet mis en scène *Dommage qu'elle soit une putain*, œuvre très certainement inspirée des prétendues aventures de Lucrèce

Borgia avec son frère César, qui, comme l'assure la légende, auraient été amants. Notre amie Margherita Rubino a étudié les drames écrits à l'époque des Borgia, et ses recherches l'ont amenée à découvrir deux auteurs, Giovanni Falugi et Sperone Speroni, qui tous deux évoquent l'affaire mais en la dissimulant derrière une origine romaine – rien moins qu'Ovide.

Il est vrai qu'en dehors du contexte propre à la Renaissance italienne, l'histoire du pape Alexandre VI et de ses proches devient une saga bouleversante, où les personnages agissent sans respect de leurs adversaires ni, bien souvent, d'eux-mêmes.

Depuis sa plus tendre enfance, Lucrèce est sans conteste sacrifiée, chaque fois sans la moindre pitié, aux intérêts politiques et financiers du clan, aussi bien par son père que par son frère. Et peu importe ce qu'en pense la douce jeune fille. Du reste, elle n'est qu'une femme, jugement sans appel qui vaut tout autant pour un père futur pape que pour un frère bientôt cardinal. Lucrèce n'est souvent qu'un simple paquet à la ronde poitrine et au fessier magnifique. Et n'oublions pas ses yeux ensorceleurs.

En Italie, les atrocités n'advenaient pas avec autant de fracas seulement à Rome. Nous pouvons par exemple faire un détour par Milan afin de vous présenter les Visconti et les Sforza qui, à plusieurs reprises au fil des pages, se glisseront parmi les protagonistes de notre récit.

François Sforza

Ludovic Sforza dit le More

Philippe Marie Visconti mourut en 1447 sans héritier mâle. Il ne laissa qu'une fille bâtarde, Blanche Marie, qui fut alors légitimée afin de pouvoir être mariée à François Sforza dont le père, capitaine d'une compagnie de mercenaires, avait des origines plébéiennes – il était en effet fils de meunier. Une nouvelle dynastie vit ainsi le jour. La jeune épouse donna naissance à huit enfants, dont Galéas Marie et Ludovic, que l'on surnomma plus tard le More.

Galéas Marie était ce que l'on appelle communément un coureur de jupons qui multipliait les aventures galantes avec de nobles dames et des prostituées. Ses mœurs lui valurent plus d'un ennemi, et plusieurs hommes participèrent en effet à son assassinat. Il fut poignardé devant l'église Santo Stefano, le jour où l'on fêtait le saint, le 26 décembre 1476, par Giovanni Andrea Lampugnani, Gerolamo Olgiati et Carlo Visconti dit le Bâtard. Que de conspirateurs, et ce n'était pourtant pas Jules César !

A la mort de Galéas Marie, son fils Jean Galéas, âgé de sept ans seulement, aurait dû lui succéder. Mais le More, avec l'appui des Français, assuma la régence et profita du jeune âge de son neveu pour étendre son pouvoir. Ses méfaits ne s'arrêtèrent pas là. En voulant se débarrasser pour de bon de ce rival, il décida de l'empoisonner lentement, à petites doses, pour ne pas être accusé de meurtre. Le garçon décéda comme prévu, après une très longue agonie, et son oncle Ludovic le More, versant des larmes de désespoir sur le cercueil de l'enfant, hérita du duché de Milan.

Pourquoi avons-nous évoqué cette famille ? Tout d'abord parce que le More épousa quelques années plus tard Béatrice d'Este, dont le frère, Alphonse d'Este, devint le mari de Lucrèce Borgia. Mais les liens de parenté ne s'arrêtent pas là : Isabelle d'Este, la sœur d'Alphonse et de Béatrice, fut mariée au marquis de Mantoue, François Gonzague, qui, comme nous le verrons, ne fut pas étranger à certaines des rumeurs qui coururent sur le compte de notre Lucrèce. Et à y regarder de plus près, le cercle de la famille n'est pas encore complet.

Pour bien comprendre le climat qui régnait à Rome et dans toute l'Italie en cette fin de XVᵉ siècle, il convient de rappeler quelques faits. La lettre qu'un jeune évêque à peine ordonné adressa à l'un de ses compagnons de séminaire est en ce sens révélatrice.

Fêtes élégantes et gentes dames

Le prélat rend compte d'un festin papal au cours duquel le *bonae femmene*, à savoir les courtisanes de haut rang invitées pour l'occasion, exhibaient leurs charmes dans un concours de danse d'un genre particulier. Des bougies parfumées étaient disposées par terre. Chaque danseuse s'accroupissait au-dessus d'une de ces chandelles et, soulevant sa robe, l'éteignait avant de la saisir avec son sexe et de se relever en veillant à ne pas la laisser tomber. Les applaudissements étaient toujours fournis.

Dernier épisode digne d'être mentionné car il nous mène droit au seuil de notre récit : le 23 juillet 1492, le pape Innocent VIII tomba dans le coma. Sa fin n'était plus qu'une question de jours.

Savonarole, fustigateur d'évêques et de papes, disait à son sujet : « [Le prétexte de] l'art est la même damnation que celle qui est en train de désacraliser le trône de Saint Pierre de Rome [...]. Nous avons nommé le pape Innocent VIII, dans la vie duquel le nom fut la seule chose innocente. »

Pourtant Dumas[1], qui écrivit une superbe histoire des Borgia et des papes qui les précédèrent, nous dit qu'il était surnommé « le père du peuple », car par ses aventures il avait accru le nombre de ses fidèles de huit fils et autant de filles[2] – au cours d'une vie de volupté – naturellement avec diverses maîtresses. La façon dont il les choisissait demeure un mystère car, comme chacun sait, il était affligé d'une sévère myopie. Il avait même dû engager un évêque pour qu'il lui susurre à chaque rencontre le nom, le sexe, l'âge et une description rapide de qui baisait son anneau.

Il faut néanmoins reconnaître à ce pape-pécheur un sens poussé de la famille. Ses attentions envers ses enfants étaient plus dictées par l'amour que par un népotisme indigne.

1. Alexandre Dumas, *Les Borgia*.
2. *Ibid.*

Le pape Innocent VIII

En effet, il réussit à leur choisir, afin que la lignée perdure, des poulinières issues des familles les plus puissantes et les plus illustres. L'infante préférée de Laurent de Médicis fut ainsi donnée en mariage à son fils aîné Franceschetto Cybo. Et pour ses nombreuses filles aussi, il alla chercher des jeunes hommes parmi les plus grands noms d'Italie.

Jacob Burckhardt, dans son livre *La civilisation de la Renaissance en Italie*, décrit en ces termes le comportement d'Innocent VIII et de son fils Franceschetto : tous deux « érigèrent rien de moins qu'une banque de grâces temporelles, qui permettait d'obtenir, après paiement de taxes relativement élevées, l'impunité pour quelque crime que ce fût, y compris l'homicide : pour chaque amende absolutoire cent cinquante ducats revenaient à la chambre pontificale, le reste à Franceschetto.

Ainsi, particulièrement au cours des dernières années de ce pontificat, Rome grouillait de toutes parts d'assassins et de [délinquants] protégés [et dont l'impunité était garantie]. »

La clémence et l'indulgence sont des garanties du pouvoir

Mais ce qui est le plus fascinant, en ce mois de juillet 1492, c'est que quelque deux cents crapules vinrent grossir les rangs d'un groupe déjà bien fourni. Aussi paradoxal que cela puisse paraître, on dénombre en quelques semaines plus de deux cents personnes assassinées les unes après les autres, et donc autant d'assassins.

Pourquoi un massacre d'une telle ampleur ?

L'explication est simple. Chaque fois qu'un pape décédait, on assistait à Rome à une avalanche d'homicides, car une tradition séculaire voulait qu'au terme de chaque conclave chargé de l'élection du nouveau souverain pontife, quiconque avait commis un crime durant les jours d'interrègne fût gracié.

Ainsi, tous ceux qui méditaient une vengeance profitaient de la vacance du Saint-Siège pour s'offrir ce petit plaisir : tuer aujourd'hui pour être à nouveau libre demain, grâce à une indulgence plénière assurée. Quelle belle époque !

Et maintenant que le contexte est éclairci, c'est justement par la mort de ce pape et les événements qui s'ensuivirent que nous allons commencer.

Rodrigue Borgia

PREMIÈRE PARTIE

La loterie sainte.

Le 11 août 1492, les canons du château Saint-Ange retentirent afin de rappeler à Rome et au monde entier que le nouveau souverain pontife avait été élu sous le nom d'Alexandre VI. L'Espagne jouissait enfin d'un second pape, Rodrigue Borgia.

A Rome, une pasquinade[1], comme toujours anonyme, disait ceci : « Le Saint-Siège a été remporté par celui qui s'est montré le plus généreux envers ceux qui tenaient l'urne de la loterie sainte. »

Les Romains connaissaient le nom et les origines de chaque cardinal qui participait à cette grande tombola : Ascanio Sforza, le frère de Ludovic le More, qui reçut, en remerciement de son soutien, une ville entière, Népi, ainsi que quatre mulets chargés d'or ; Giuliano della Rovere, qui obtint l'assurance de s'élever au sommet

1. Libelle satirique rédigé par le peuple de Rome et accroché à une statue antique de la ville, Pasquino, dont il tire son nom. (N. d. T.)

de la pyramide au prochain scrutin, et ainsi de suite. Dons et prébendes furent distribués à tous les votants.

Mais venons-en à ce nouveau pape, dont les parents seront les protagonistes de notre histoire.

On sait peu de chose des premiers Borgia, et les rares informations qui nous sont parvenues ne nous permettent pas de remonter jusqu'à leurs origines, bien que certains admirateurs de cette Maison prétendent qu'ils descendent de l'antique famille des rois d'Aragon, chose assez peu probable.

En réalité, cette lignée, que dis-je, cette dynastie, ne voit le jour qu'avec la naissance de son fondateur, Alfons de Borja. Le père du chef de clan est nommé tantôt Domingo, tantôt Juan, tandis que de la mère, on ne sait rien, pas même le nom de famille.

Alfons est né en 1378 près de Valence. Nommé copiste secret à la Cour des rois d'Aragon, il change soudain d'habit et on le retrouve bientôt revêtu de la tenue d'évêque de Valence. C'est dans cet appareil qu'il débarque à Naples avec la suite du roi Alphonse d'Aragon, le nouveau monarque des Napolitains. Il est fait cardinal[1] en 1444. Une ascension fulgurante et prodigieuse !

Dire que dès la moitié du XVe siècle, l'Espagne a le projet de faire main basse, avant la France, sur la papauté et l'Europe n'est un secret pour personne. Les Borgia se lancent à la conquête du Saint-Siège, et Alfons devient

1. Ferdinand Gregorovius, *Lucrezia Borgia*, Salerno Editrice, Rome, 1983.

ainsi le premier pontife de la famille à ceindre la tiare, en 1455, sous le nom de Calixte III. Un nombre important de parents, directs ou par alliance, s'installent à Rome à la suite du Saint-Père de Valence pour occuper de hautes fonctions. Parmi eux, son neveu préféré : Rodrigue.

Tous les chroniqueurs et historiens qui étudièrent l'histoire des Borgia s'accordent à dire que Rodrigue arriva à Rome à l'âge de dix-huit ans environ, prêt à se placer sous la protection du pontife espagnol. C'est le premier signe évident de népotisme de la part de ce haut prélat qui prend à sa charge toutes les dépenses du jeune homme. Il a comme précepteur Gaspare da Verona, homme de grande culture et enseignant extraordinaire.

Peu après, Rodrigue part étudier le droit à Bologne. Il est impensable qu'il se soit lancé corps et âme dans les textes de lois, la rhétorique et la théologie, mais il acquiert rapidement la sympathie et l'estime de ses compagnons d'université. C'est un jeune homme spirituel, débordant d'énergie, de belle prestance et à l'élocution facile. Il est apprécié des demoiselles, se montre généreux envers ses amis et devient immédiatement le chef de file de cette compagnie de fils de la noblesse et de marchands.

Il assiste à toutes les leçons et se soumet ponctuellement aux examens auxquels il obtient des notes excellentes. Mais il est aussi de tous les banquets dans les auberges ou les lupanars. « Il est très difficile pour une femme, disait son maître de rhétorique, de résister à la cour d'un homme. Cela l'attire avec plus de puissance que l'aimant n'attire le fer. Fer étant naturellement synonyme de phallus. Oh, que me faites-vous dire là ! »

Le 9 août 1456, bien qu'il n'ait pas encore achevé ses sept années d'études, Rodrigue est admis à passer l'examen final[1] du fait de ses mérites. Ravi, son oncle, qui s'est entre-temps installé sur le trône de saint Pierre, le promeut, en récompense, cardinal. La nomination est annoncée avec pudeur et détachement, afin de ne pas susciter de nouvelles accusations de favoritisme et de népotisme.

Mais les bénéfices concédés ne s'arrêtent pas là. Calixte III décide de nommer son pupille vicaire papal dans la Marche d'Ancône. Il s'agit d'une tâche délicate, car les seigneurs des Marches se sont soulevés contre le gouvernement de Rome et se livrent en plus une lutte sans fin[2].

Le jeune cardinal Rodrigue Borgia arrive en ville de nuit avec un groupe restreint de proches. Il convoque le lendemain matin, à la première heure, une réunion de tous les officiers de justice, de l'ordre public et des impôts au palais de la curie.

« Je suis ici sur mandat du Saint-Père. Avant toute chose, je veux que vous me spécifiiez l'état de vos forces d'intervention, j'entends par là le nombre d'hommes d'armes et de cavaliers dont vous disposez, et si vous possédez des armes à feu, notamment des canons. En avez-vous ? »

1. Roberto Gervaso, *I Borgia*, Rizzoli, Milan, 1980.
2. *Ibid.*

Quelques voix timides lui répondent : « Non, Eminence, nous les attendons, mais jusqu'à présent nous n'en avons pas reçu.

— Bien, j'y ai pourvu. J'ai avec moi quatre chars remplis d'arquebuses, de couleuvrines et de fusils à trépied, à cause du recul, et également quatre paires de bœufs qui tirent quatre canons de sept livres.

— Mais nous ne savons pas utiliser ces engins, reconnut humblement le chef des gardes.

— Je suis ici pour cela.

— Vous allez nous faire la leçon, Eminence ?

— J'en serais capable, mais je préfère en laisser le soin aux deux maîtres arquebusiers qui m'accompagnent.

— Veuillez m'excuser, mais comptez-vous faire feu avec ces obusiers ? »

Et le vicaire de rétorquer : « Je comprends qu'au vu de la situation qui s'est créée dans votre magnifique ville d'Ancône vous répugniez à tirer des balles de plomb sur les personnages les plus éminents. Je sais pour m'être informé que dans cette dispute parfois sanglante qui oppose les différentes factions de nobles, vous autres représentants de l'ordre et de la justice avez toujours évité de prendre parti. En somme, vous avez regardé ça de loin, vieux renards ! L'heure est venue de faire des choix. Finies les combines, les faveurs réciproques, la négligence. Vous ne pourrez plus vous esquiver, vous avez désormais les moyens d'imposer l'ordre : apprenez à tirer, autrement c'est nous qui tournerons nos armes contre vous.

— Comment ? Qui devrait nous attaquer ?

— A Rome, mille hommes attendent mes ordres, une seule journée de marche leur suffit pour être aux portes de la ville, prêts à prendre votre place, après avoir enterré, bien entendu, ceux d'entre vous qui auraient décidé de s'opposer. Choisissez.

— Mais voyez-vous… nous avons dû céder devant la toute-puissance de ces frondeurs armés…

— Pardonnez-moi, le nom de Grippo dei Malatempora ne vous dit-il rien ?

— Si, répondent-ils en chœur. C'est un des notables qui a orchestré la dernière révolte !

— Eh bien il n'est plus.

— Il est mort !?

— Non, mais je l'ai fait installer dans vos geôles. C'est pourquoi je suis arrivé de nuit, avec assez d'hommes pour l'enchaîner. Votre bête noire sera bientôt en route pour Rome où il sera jugé incontinent. Aimez-vous ce mot, "incontinent" ?

— Oui.

— Parfait, car vous l'entendrez répéter souvent tant que je serai ici. »

Et c'est ainsi que, pour la première fois, dans la bonne ville d'Ancône, résonnèrent des coups de canon et de couleuvrine.

Il faut dire que ces détonations eurent un effet extraordinaire sur les responsables de l'administration publique. Rodrigue Borgia parvint à capturer une centaine de personnages haut placés et leurs sous-fifres. Etant donné l'ampleur de l'opération, on déplora un nombre raisonnable de morts, le minimum prévu. En un mot, ce fut un petit travail bien fait.

Alors qu'il s'apprête à monter à cheval, toujours devant les responsables de la ville, menottés ou momentanément libres, le vicaire conclut sa mission : « Dorénavant, votre collaboration avec les Etats pontificaux et le Saint-Père ne sera plus uniquement formelle, mais aussi manifeste et responsable. Aucun d'entre vous, qu'il soit gonfalonier, capitaine du peuple ou juge, ne sera autorisé à lever des taxes extraordinaires, à déclarer des guerres avec rapine, à administrer la justice, à gérer les jeux de hasard et la prostitution, à battre monnaie et à extorquer marchands, boutiquiers et artisans à la manière des usuriers du gouvernement comme vous le faites depuis la nuit des temps. Et j'allais oublier : que chacun de vous, ainsi que l'ensemble des contribuables, soit en mesure de prouver chaque mois à l'Etat que je représente s'être acquitté des taxes. »

C'est un immense succès, surtout auprès du peuple, à tel point qu'au moment où il clame « Adieu, nous nous reverrons bientôt », les habitants en liesse sont nombreux à l'accompagner aux portes de la ville aux cris de « Reviens vite, Rodrigue ! Nous avons besoin d'un homme tel que toi ! »

Et un autre hurle : « Voici celui qu'il faudrait élire pape !

— Merci, justement j'y pensais, je ferai mon

possible », répond le cardinal, et il éperonne sa monture, qui part au grand trot.

Lorsqu'il arrive à Rome, beaucoup ont eu vent des événements d'Ancône, et il est là aussi acclamé par la foule. Le souverain pontife lui-même bat vigoureusement des mains lorsque son neveu met pied à terre au Vatican, et il le serre dans ses bras comme s'il était son fils. En récompense de ses bons et loyaux services, il le nomme vice-chancelier de l'Eglise. Autant dire que le garçon n'a désormais plus que le pape au-dessus de lui.

Beau parcours !

Une famille idéale.

A cette époque, Rodrigue a une, voire plusieurs liaisons amoureuses. Ses maîtresses lui donnent trois enfants. Il se peut qu'ait été engrossée les trois fois une seule et même femme, mais ne pinaillons pas.

Il entretient des rapports constants avec son oncle et leurs relations sont de plus en plus affectueuses. Mais, hélas, trois ans après son élection, le souverain pontife Calixte III est frappé par une crise de goutte que les médecins jugent très grave[1]. Personne ne soupçonnait alors que la fréquentation trop assidue de jeunes femmes à cet âge puisse déclencher ce genre de trouble.

1. Marion Johnson, *Casa Borgia*, Editori riuniti, Rome, 1982.

En tout cas, tel fut le diagnostic de la médecine du XVIe siècle : les effets engendrés par l'appel de la chair, consommée tout autant à table qu'au lit, sont toujours délétères !

Sachant le pontife en fin de vie, les nobles romains qui, tout au long des trois années de son pontificat ont dû accepter en silence ses salves népotistes envers sa nombreuse parentèle, proche, éloignée ou par alliance, peuvent enfin se préparer à se venger de tant de vilenies. Les privilèges qui, pendant des années, ont été l'apanage des Espagnols, vont enfin pouvoir leur revenir. Les usurpateurs le payeront.

A tel point que les sous-fifres, serviteurs et adulateurs ibériques qui ont fait de leur cour assidue une profession, disparaissent aussitôt, et Rodrigue reste seul pour recueillir les derniers souffles du Saint-Père. Il est émouvant de constater comme la présence du neveu est constante, il ne quitte pour ainsi dire jamais le chevet de son oncle. Conscient que s'il demeure ainsi à découvert il risque de devoir subir seul le déchaînement brutal de ses adversaires avides de vengeance, le plus puissant des cardinaux n'en reste pas moins seul pour veiller son protecteur, mais il se garde bien de recourir à la violence lorsque son palais est mis à sac par les sbires des Colonna et des Orsini, lesquels, à la mort du pontife, mettent en œuvre une véritable épuration.

Tout d'abord, le frère aîné de Rodrigue, Pedro Luis, qui avait été nommé commandant général de l'Eglise et préfet de la ville, est contraint de fuir Rome à la veille de la mort du pape, sous un déguisement afin d'échapper au lynchage. Mais tout Borgia qu'il soit, la chance ne lui sourit pas. Réfugié à Civitavecchia, il succombe peu après aux fièvres de la malaria.

Tandis qu'à Rome on massacre les Espagnols et tous ceux qui ont partie liée avec eux, personne n'ose s'en prendre à Rodrigue. Il est intouchable, non pas tant parce qu'il est protégé par de nouveaux puissants, mais plutôt du fait de son prestige d'homme irremplaçable et du talent sans pareil avec lequel il exerce sa charge de vice-chancelier. Aussi incroyable que cela puisse paraître, la qualité et le génie font encore la loi.

Le jour de la mort du pape Calixte III, son oncle, le jeune Borgia a vingt-sept ans. Quatre papes se succèderont sur le trône de saint Pierre, et pendant toutes ces années, il exercera sans interruption la lourde charge de vicaire pontifical. Jusqu'à ce qu'il l'abandonne pour ceindre lui-même la tiare.

En 1466, ou peut-être l'année suivante, le cardinal Rodrigue rencontre celle qui sera la femme la plus importante de sa vie, notamment parce que c'est elle qui, quelque temps plus tard, donnera le jour à Lucrèce.

C'est une ravissante Romaine, probablement d'origine lombarde, grande, élancée et pleine de charme. Mais surtout, c'est une femme intelligente, car sinon

Vannozza Cattanei

elle n'aurait pas à ce point envoûté un homme aussi expérimenté et puissant que Rodrigue.

Elle se nomme Giovanna Cattanei, dite Vannozza. A l'époque de leur rencontre, elle est âgée d'une vingtaine d'années ; Rodrigue en a onze de plus. Le cardinal tient cette relation secrète, et il installe sa maîtresse dans une somptueuse maison où il lui rend visite chaque soir en usant de la plus grande prudence. Pourtant, dans la société de ce siècle, c'était une coutume admise qu'un homme d'Eglise entretienne des relations inconsidérées avec des femmes de n'importe quelle classe et position sociales.

Nous avons donc affaire à un fieffé libertin, toutefois doté d'une certaine pudeur. Appelez-la hypocrisie de prélat si vous préférez, comme le dit Molière dans son *Tartuffe*.

En revanche, il est à noter qu'à la différence des relations qu'il a entretenues jusqu'alors, avec Vannozza, le grand prélat ne recherche pas tant l'aventure qu'une certaine idée de la famille. A tel point que les quatre enfants qui naîtront de cette union seront aimés et élevés dans un noyau familial presque stable. Ne pouvant pas interpréter lui-même le rôle du père, le cardinal loue les services d'un autre homme pour le remplacer. Et il le choisit avec soin.

Il se nomme Giorgio de Croce et exerce comme secrétaire apostolique. Inutile de préciser que cet emploi au Vatican, c'est lui, le véritable père, qui le lui a procuré. Et naturellement, il a ajouté une rétribution supplémentaire pour ce rôle.

Rodrigue doit à son tour se choisir un habit, et il en endosse un tout à fait crédible : celui de l'oncle. Un oncle aimable, généreux, et des plus affectueux envers ses neveux. Il va les voir chaque soir sans faillir, les bras chargés de présents. Et comme de bien entendu, il s'est réservé chez Vannozza une petite chambre modeste, un pied-à-terre, comme dans les pochades ou les jeux scéniques de la *commedia dell'arte*. Sort de scène le mari-père, entre l'oncle-cardinal qui, la nuit, une fois les enfants embrassés et câlinés, feint de se retirer dans sa chambre pour aller dormir, mais ressort et se faufile en cachette jusqu'à celle de l'épouse du faux mari pour se glisser dans sa couche. Parfois, il tombe sur un des enfants qui a fait un mauvais rêve et cherche sa mère, mais le tonton le console, le prend dans ses bras et le remet dans son petit lit en lui chantant une berceuse. Puis il va en fredonner une d'un autre genre à leur mère.

Pour être honnête, parmi tous ces rôles, celui qui requiert le plus d'application est celui du faux mari. Jouer le rôle du père et celui de l'époux pour ensuite, quand le patron arrive, disparaître et ne rentrer qu'à l'aube et, quand il s'en va, se déshabiller à nouveau pour se remettre au lit, n'est pas un jeu des plus divertissants. Mais les avantages financiers ne sont pas négligeables et la situation est sûre, si bien que cela vaut la peine de tenir aussi le rôle du ruffian.

Mais, comme dans les impromptus que l'on commençait à jouer à cette époque, un coup de théâtre ne manque pas de survenir. Le faux mari-faux père meurt soudain. Est-ce un rebondissement inventé de toute pièce ? Non, il est véridique. Après l'enterrement du père putatif, entre les prières et les larmes, il faut en trouver un autre. Cette fois Rodrigue voit grand et engage un lettré, Carlo Canale, plus jeune que son prédécesseur (il a plus ou moins le même âge que maman Vannozza). Naturellement, lui aussi y trouve son compte, il est rétribué en conséquence et doit seulement s'occuper de la veuve consolable et des enfants, auxquels il tient aussi lieu de précepteur. Emoluments en sus.

Canale découvre très vite que ses nouveaux enfants sont particulièrement brillants, versés autant dans les sciences que dans les lettres et la poésie. La plus versatile et la plus réceptive est sans nul doute Lucrèce qui, de l'enfance à la puberté, avec une facilité inouïe, apprend le latin et le grec, citant de mémoire en peu de temps des passages d'œuvres lyriques et les vers des plus grands auteurs. Elle n'a alors que six ans.

Six autres années s'écoulent et nous arrivons aux jours où le pape Innocent VIII (dont nous avons déjà mentionné l'extraordinaire collection de maîtresses et la nombreuse progéniture qu'il eut de ces saintes relations) agonise dans son lit.

Trente-cinq ans ont passé depuis la mort de Calixte III, et il n'est pas exagéré de dire que le choix de tous les papes qui ont entre-temps occupé le trône de saint Pierre a été le fruit de l'habile gestion de Rodrigue Borgia. Et, comme nous le disions précédemment, il possède un talent sans pareil pour redistribuer les cartes et les avantages, ce qui le rend de plus en plus inamovible dans son rôle de vice-pape.

Après Pie II, Paul II, Sixte IV et justement Innocent VIII, le cardinal Borgia décide que le moment est venu de se faire élire à la fonction suprême. Il devient dès lors inutile qu'il continue de jouer en famille le rôle de l'oncle aux multiples largesses, qui arrive le soir et repart à l'aube. Puisqu'il va bientôt être le chef de la sainte chaire de Rome, il peut tuer dans l'œuf les commérages qui ne manqueront pas d'éclater dès que l'on apprendra que le pape a des enfants et une épouse morganatique.

Il va maintenant lui falloir dévoiler la vérité à sa progéniture. Nous ne possédons pas de documents à même de nous renseigner, mais il est facile d'imaginer ce qui s'est dit au moment de la révélation. Il réunit la famille autour de lui et commence : « Mes chers enfants, votre oncle ne va pas tarder à devenir pape. » Cris et applaudissements, étreintes et embrassades. Quel est alors l'âge des enfants ? L'aîné, Juan, a dix-huit ans, César en a seize, Lucrèce douze et le petit dernier, Jofré, dix.

Lucrèce saute dans les bras de Rodrigue et lui demande : « Mais nous, on pourra continuer à t'appeler tonton ou il faudra qu'on ajoute Sa Sainteté ? »

Rodrigue respire profondément et les invite à faire cercle autour de lui et à s'asseoir, y compris Vannozza et le faux mari, et il annonce alors l'incroyable vérité :

« Non, vous ne devrez plus m'appeler oncle Rodrigue, car en réalité je ne suis pas le frère de votre mère et Carlo Canale n'est pas son deuxième mari, et feu votre père n'était pas du tout votre papa. »

Les enfants sont abasourdis. César demande : « Donc si chacun ici n'est pas le personnage qu'il prétend être, qui es-tu, toi ?

— Je suis votre père à tous, le vrai, pas seulement votre père spirituel, avant tout votre père charnel, celui qui vous a engendrés avec votre mère, la seule personne réelle. »

Et César de demander, plein de ressentiment : « Pourquoi nous avoir menti pendant tout ce temps ?

— Parce qu'il aurait été scandaleux que l'on sache que le vice-pape que j'ai été jusqu'alors avait une femme qu'il aimait et qu'ils avaient eu ensemble quatre enfants qu'il adore. Vous en seriez vous aussi difficilement sortis indemnes. »

Lucrèce éclate en sanglots et avec elle son frère cadet : « Vous nous avez toujours dit qu'il ne fallait pas mentir, hoquette sa fille, que la vérité ne peut être ni trahie ni souillée. Et voilà que nous apprenons que tout était faux, truqué. Notre père mentait en nous serrant dans ses bras, il mentait en s'allongeant dans le lit de notre mère, et notre précepteur ne valait guère mieux. Il n'y avait rien de vrai. Que répondrons-nous à nos amis, aux gens qui, avec ironie, nous demanderont : "Comment se portent vos pères ?" »

Rodrigue Borgia (le pape Alexandre VI)

Rodrigue dit avec calme : « Vous leur poserez la question suivante : “Et les vôtres ?”, car sachez qu’au Vatican et aux alentours les enfants légitimes sont aussi peu nombreux que les mères véritablement mariées. Quoi qu’il en soit, je vous ai toujours aimés comme mes fils et je pourrai désormais le faire au grand jour.

— Et pourquoi seulement maintenant ?

— C’est très simple, mes enfants chéris. D’ici quelques jours, je serai élu pape et trônerai au sommet de la pyramide. Une pyramide composée de milliers d’hommes plus ou moins puissants qui, installés les uns au-dessus des autres, soutiennent l’ensemble de la construction à bout de bras. Ils doivent le faire en se maintenant en équilibre, s’ils caracolent, ils se font écraser par l’armature et sont immédiatement remplacés par plus adapté et plus avisé qu’eux. Seul celui qui se trouve au sommet n’a jamais à craindre d’être éjecté de la pyramide. Et cet homme, c’est le pape. Seul le trépas peut l’évincer. Ni les infamies ni les calomnies, sans parler des vérités indicibles, ne pourront m’effleurer. Cela vaut aussi pour vous, qui êtes la chair de ma chair. Comme mon maître de géométrie me l’a enseigné, c’est dans l’équilibre dynamique que réside la force de la foi. D’aucuns affirment que c’est là un blasphème, mais cela me semble tout à fait juste ! »

Histoire d'amour impossible. Mais sans filet.

Quelque temps avant d'annoncer à ses enfants qu'il était leur vrai père, Rodrigue a fait la connaissance de Giulia Farnèse, une jeune fille dont la beauté sans pareille était louée dans toutes les grandes familles de Rome.

A l'époque, la famille Farnèse ne possède pas encore la renommée dont elle jouira quelques années plus tard. Giulia a grandi à la campagne, aux environs de Capodimonte, mais elle a reçu une éducation raffinée dans le domaine des lettres, de la danse et même de la musique. Elle joue en effet du luth de façon délicieuse. Elle sort tout juste de la puberté lorsqu'elle rencontre, à Rome, le cardinal Borgia, qui supervise les répétitions générales en vue de son intronisation.

La rencontre avec la jeune fille fut un véritable coup de foudre, de ceux qui ébranlent les montagnes. La beauté de Giulia était partout chantée avec tant de ferveur que même Raphaël voulut faire son portrait dans l'un de ses célèbres tableaux. Le cardinal tombe aussitôt amoureux. Il est âgé de cinquante-huit ans, bouffi de force spirituelle, mais aussi d'un tel embonpoint qu'il a toutes les peines du monde à donner l'accolade à cette adorable nymphe d'à peine quatorze ans.

Mais comment le vieil évêque parvient-il à ses fins ? Pour l'heure, c'est Adriana Mila, la cousine de Rodrigue, qui s'occupe de tout et gère l'intrigue. Elle est en plus la gouvernante de Lucrèce, qui habite chez elle. L'entremetteuse prend soin d'écarter tout possible scandale et, précaution supplémentaire, elle s'arrange pour que Lucrèce devienne l'amie de la nouvelle flamme de Rodrigue. C'est à cette même époque que Lucrèce apprend que son oncle affectueux n'est autre que son père : lorsqu'elle découvre que celui-ci est aussi l'amant de son amie, sa stupeur balaye son désespoir.

Mais hélas, Rodrigue n'est pas encore officiellement pape et il ne peut donc se permettre d'imposer ses frasques à tout le Saint-Siège. C'est pourquoi il ne lui reste qu'une solution : quitter sa jeune amante ou la partager, du moins en apparence, avec un tuteur officiel. Un mari serait bien sûr la solution idéale. Mais comme le dit un adage ancien, le linge sale se lave en famille. Adriana Mila prend les choses en main et propose de faire épouser à la maîtresse du futur souverain pontife son propre fils, Orsino Orsini. Une solution qui sied à l'Eglise et qui a le mérite de rester en famille ! En plus le fils est borgne, alors laissons-les faire et fermons aussi l'autre œil ! Le temps presse car Giulia est enceinte, naturellement de Rodrigue... Ce n'est pas un hasard si le mot évêque, chez les premiers chrétiens, se traduisait par « actif et infaillible ». Parfait ! De toute façon, mieux vaut que l'enfant naisse avec un père légitime.

Plus rien n'échappe à Lucrèce des manœuvres et manigances de son père et de sa tutrice. Que peut-elle faire ? Quel comportement doit-elle adopter ? En vérité, elle ressent parfois un certain dégoût, elle souhaiterait

Giulia Farnèse

pouvoir se confier à son frère César, vers lequel elle s'est toujours tournée dans les moments difficiles, mais celui-ci est malheureusement à l'université de Pise. Lucrèce habite depuis un moment avec sa nourrice, l'intrigante, mais elle préfère ne pas s'en ouvrir à elle. Elle opte donc pour sa mère et la rejoint dans son vieux palais.

A peine lui a-t-elle esquissé les raisons de son tourment que Vannozza la serre contre son cœur et fond en larmes.

« Mère, j'ai découvert que mon père s'est lié à une fillette plus jeune que moi.

— Oui, je le sais, lui avoue sa mère dans un souffle. Je sais aussi que c'est ta cousine Adriana qui tient les ficelles de cette histoire. J'ai immédiatement deviné qu'il s'était épris d'une autre femme et que j'étais cette fois bonne à mettre au rebut. »

A son tour, Lucrèce éclate en sanglots.

Nous avons déjà mentionné le fait que les épisodes saillants de la vie des Borgia – ceux de l'oncle Calixte III, de papa Rodrigue et de César, le fils cardinal et guerrier – n'avaient suscité ni l'étonnement ni l'indignation de la société de l'époque. Il était dans les normes du temps de ne montrer aucun préjugé et de considérer comme allant de soi les scandaleuses intrigues des hauts prélats, du souverain pontife lui-même et de sa parentèle. En somme, celui qui vit dans le péché le plus sordide est un personnage qui se donne sans fausse pudeur et qui inspire donc plus de confiance. Les chroniques de l'époque rapportent en effet les événements mondains, y compris ceux du Vatican, avec détachement et sans la moindre intention de créer le scandale. Mais quand les Borgia apparaissent sur la scène de l'histoire de la Renaissance, applaudis par une phalange de fidèles au premier rang desquels se trouvent leurs parents proches, l'intérêt du public, aussi bien étranger qu'italien, s'aiguise.

Et on ne se limite pas aux pasquinades de quatre vers rimés. S'adonnent aussi à ce jeu qui sans cesse frôle la calomnie des bouffons et des poètes satiriques, au risque de s'attirer les foudres du fan-club ibérique et des Borgia eux-mêmes, déjà célèbres pour l'implacable cruauté avec laquelle ils ont coutume de punir leurs détracteurs.

Le parfum de scandale est à son comble avec les soi-disant amours incestueuses de Lucrèce, séduite, raconte-t-on, aussi bien par son père, prince de l'Eglise, que par son frère, impitoyable guerrier. Il n'existe pourtant aucune preuve tangible de la véracité de ces ignominies. Quels témoignages les détracteurs avancent-ils pour étayer leurs accusations ?

Le mariage est la clef de voûte qui soutient l'arc
sous lequel prospèrent les intrigues
les plus bouleversantes.

Il nous faut commencer par le mariage de Lucrèce avec Giovanni Sforza, le neveu d'Ascanio Sforza, le puissant cardinal qui avait favorisé l'élection d'Alexandre VI.

C'était une union politique arrangée qui servait à renforcer les liens entre le pape et Ludovic le More, partisan d'une intervention du roi de France Charles VIII, afin d'évincer du pouvoir Alphonse II d'Aragon, roi de Naples. Le 12 juin 1493, Lucrèce épouse donc le jeune rejeton des Sforza, enfant bâtard lui aussi. A la stupeur générale, le père de la mariée (nous avons nommé le souverain pontife) assiste à la cérémonie, entouré de dix cardinaux en grand apparat. César, revêtu de la pourpre cardinalice, se tient au milieu de tous ces prélats. Mais que fait-il parmi ces hommes de Dieu ? Son père l'a tout simplement nommé cardinal quelques semaines auparavant. Félicitations !

Il est évident que, par sa présence, le pape entendait faire savoir que Lucrèce était sa fille charnelle préférée. César attrape sa sœur à bras-le-corps et l'embrasse sur les lèvres, ce qui suscite un intense bourdonnement. Par ce geste, l'impudent grand frère souhaitait sans doute signifier à tous le profond amour qu'il lui portait.

« Qu'ils aient ou non commis un inceste, il ne fait aucun doute que César et Lucrèce s'aimèrent, quoique fraternellement, plus que n'importe qui d'autre. Jusqu'au bout ils se furent fidèles et loyaux. Pour César, un conquérant sans respect ni considération pour les femmes, Lucrèce constituait la seule exception. »[1]

1. Sarah Bradford, *Lucrezia Borgia. La storia vera*, Mondadori, Milan, 2003.

Giovanni Sforza

César Borgia, le duc de Valentinois

Durant la réception, l'apparition de chaque nouveau personnage provoque des exclamations stupéfaites, et la salle du banquet frissonne d'émotion en apprenant que la fillette assise à la gauche du père de la mariée n'est autre que Giulia Farnèse, désormais reconnue comme sa mignonne officielle.

Mais revenons au mariage et au cadeau nuptial du jeune marié. Ludovic le More lui offre la concession de la souveraineté sur la ville de Pesaro ; le pape y ajoute une dot qui s'élève à trente et un mille ducats. Toutefois, l'union des deux jeunes gens en reste là car Lucrèce n'est pas encore nubile – elle n'a alors que treize ans. Ainsi, une fois les noces célébrées, le père la ramène avec lui et expédie le mari à Pesaro, histoire de ne pas l'avoir dans les pieds. Pour s'assurer qu'il n'y aura pas d'accrocs, le pape charge son fils préféré, César, que le jeune marié a déjà appris à connaître comme le plus impitoyable des serviteurs du pontife, de tout superviser.

Lucrèce n'est escortée à Pesaro que plusieurs mois plus tard, afin que le mariage soit consommé. Mais un peu de retenue et de respect je vous prie.

Quatre années s'écoulent. Le ménage navigue en eaux calmes mais s'ennuie ferme. La province de Pesaro et sa Cour ne brillent pas par l'esprit et l'entrain, mais Giovanni se comporte en mari heureux et amoureux. Et comment pourrait-il en être autrement ? Il suffit d'admirer le célèbre portrait de Lucrèce peint par Bartolomeo Veneto, où la jeune fille apparaît auréolée de fins cheveux blonds encadrant un visage pour le moins stupéfiant, pour s'exclamer : « Pas un homme au monde pourrait ne pas succomber aux grâces d'une telle beauté ! »

Mais entre-temps, les projets politiques des Borgia connaissent un nouveau revirement. Pourquoi donc, qu'est-il arrivé ?

Le roi guignol et sa démarche de pantin.

Le jeune roi de France Charles VIII décide de fondre sur l'Italie avec une armée imposante, sans écouter les appels à la prudence de ses conseillers. Le monarque de vingt-deux ans, que les chroniques décrivent comme un garçon obtus et mégalomane, et que certains de ses sujets, à cause de sa démarche et de ses traits de pantin, surnomment le roi guignol, entend conquérir le royaume de Naples, et il a levé à cette fin une armée de quarante mille hommes. En Italie, il peut compter sur le soutien de Ludovic le More, Giuliano della Rovere et Hercule d'Este (que nous croiserons de nouveau par la suite). Comme chacun sait, on trouve sans peine en Italie, des personnes disposées à monter sur le char du premier envahisseur venu.

Les affrontements commencent. La flotte napolitaine est défaite par les forces navales françaises, l'armée du pape est contournée en Romagne, et les Orsini et les Colonna se rallient aux probables futurs maîtres.

Le pape se rend compte que résister aux « François » dans ces conditions est chose impossible. Alexandre VI décide alors de se retrancher au château Saint-Ange dans l'attente de jours meilleurs.

Charles VIII fait ainsi une entrée triomphale dans la Cité, sous les vivats des habituels larbins prêts à se rendre utiles. Le premier réflexe du pape est de prendre la fuite, mais voilà que surgit en lui, dans un sursaut de dignité, l'orgueil atavique de son clan. Il décide donc de jouer toutes ses cartes.

Il envoie immédiatement au roi une délégation composée d'intellectuels de haut rang, et il choisit de glisser parmi eux son fils César en qualité d'interprète. Le jeune homme a en effet étudié le français à l'université de Pise et il le parle à la perfection. On le croirait diplômé de la Sorbonne.

Lors de la rencontre au palais Venezia, où le roi et ses officiers ont leurs quartiers, César officie. Il présente les quatre émissaires un à un, en français naturellement, et il leur traduit, de façon rapide et sans chichis, les remarques du roi. Il se permet même d'adresser quelques bons mots au monarque : « Avez-vous remarqué, Sire, la sympathie que vous a témoignée le peuple de Rome ? Des fous furieux ! J'espère que cela vous a été agréable ! Quelqu'un a même crié : "Installez-le au Vatican, ce gentilhomme ! Qu'attendons-nous pour le faire pape ?" Sire, à votre place j'y songerais sérieusement : un roi qui devient pape, cela ne s'est encore jamais vu. »

Lucrèce

Charles de Valois part d'un grand éclat de rire : « Vous êtes plein d'esprit, et en plus vous parlez ma langue avec un accent vraiment enviable ! Seriez-vous par hasard de mes sujets ?

— Non, Sire, quoiqu'il m'en plairait. Je suis malheureusement né à Rome. A propos, je dois vous transmettre les hommages de mon père !

— Et qui est-il ?

— Le pape, Sire, je suis le fils de Rodrigue Borgia, l'actuel souverain pontife Alexandre VI.

— Par tous les saints ! Je ne savais pas que le pape avait un fils ! Il vous a certainement conçu avant d'entrer dans les ordres !

— Non, Sire, j'ai vu le jour alors que mon père était déjà cardinal. Vous savez, cela n'a chez nous rien de surprenant. Je ne crois pas qu'ait jamais été élu un pape n'ayant ni femme ni enfants ni concubines.

— Ah, ah ! Vous êtes un mufle des plus amusants ! Parler en ces termes du saint clergé de l'Eglise apostolique romaine ! »

En un mot, l'entrevue entre César et le roi de France est un véritable succès, surtout pour le jeune Borgia qui, de retour chez son père, s'exclame : « Papa, tu n'auras aucune peine à ne faire qu'une bouchée de ce Charles VIII. J'ai dressé la table, tu n'as plus qu'à y prendre place. »

La rencontre entre le pape et le monarque a lieu au Vatican. Lorsque Charles de Valois entre dans le quadriportique du palais, la fanfare des milices pontificales entame l'ample et somptueuse marche du royaume de France. Cet accueil fait son effet sur le jeune guignol, qui lève les bras et s'incline devant le Saint-Père. Celui-ci s'avance vers lui, bientôt suivi, non pas des évêques, comme chacun serait en droit de l'attendre, mais des dames les plus somptueuses de sa Cour.

A partir de cet instant, le chat et la souris sont entrés dans la danse.

Alexandre VI s'adresse au jeune roi en latin : « *Exceslis rege qui degnastibus descendere hic Italiae magno honore civitas nostram exultes menomatus.* »

Une expression terrorisée se peint sur le visage de Charles, jusqu'à ce que le pape éclate de rire : « Ah ! ah ! ah ! Je vous ai fait peur, mon seigneur, n'est-ce pas ? N'ayez crainte, Majesté, dit-il en italien en accompagnant ses paroles de gestes. Puisque vous vous êtes si bien entendu avec mon fils, je l'ai chargé, si cela ne vous dérange pas, de nous servir d'interprète.

— Votre fils ? Oh, j'en suis bien content ! Il est tellement aimable ! »

Et voici César qui apparaît tout sourire et qui, d'une démarche élégante, fait mine de s'agenouiller devant le monarque, lequel l'attrape à bras-le-corps et le serre contre lui. Et c'est ainsi que le roi de France se fait doucement prendre au piège.

Ils finissent par conclure un accord : le pape autorise l'armée française à traverser les Etats du Saint-Siège, en échange de quoi le roi accepte de quitter Rome sur-le-champ, promettant protection et amitié aux Borgia. Il est décidé que César suivra l'armée française, officiellement en qualité de légat pontifical, mais en réalité comme otage doré, garant de la parole papale.

Charles VIII arrive bientôt à Naples et là aussi il est accueilli en vainqueur. Naturellement, le roi Alphonse II a fui la capitale du Sud pour trouver refuge en Sicile où il a abdiqué ; ainsi le roi de France peut tranquillement s'autoproclamer à l'instant même souverain incontesté de la ville.

Mais voilà que l'Espagne et les autres Etats italiens et européens commencent à s'inquiéter de l'influence excessive des Français, qui accumulent les conquêtes sur toute la péninsule. Cette menace doit être écrasée dans l'œuf. Ce sera la mission de la Sainte-Ligue. Afin de ne pas trop attirer l'attention, cette confédération déclare officiellement s'être constituée pour combattre l'avancée des Turcs, mais chacun sait que le Turc le plus dangereux vient de Paris et qu'il s'appelle Charles. Celui-ci pressent que ces forces armées risquent de le coincer dans le sud. En fin stratège qu'il est, il remonte ses pantins et ses marionnettes et repart vers le nord, en un mot, il prend la fuite.

Le pape a confié au jeune Giovanni Sforza, le mari de sa fille, alors âgé de trente ans, la tâche de prendre la tête de l'armée napolitaine reconstituée, forte d'un contingent papal, dans le but d'attaquer l'avant-garde

Charles VIII

française en marche vers le nord. Mais Giovanni prend bien soin d'éviter tout affrontement direct et adopte pour cela la tactique de Fabio Massimo, dit le Temporisateur, qui consiste à suivre à bonne distance les troupes ennemies et à intervenir seulement au moment où celles-ci se trouvent en difficulté. Giovanni le téméraire les suit mais, malheureusement pour lui, aucune embûche ne se présente.

Entre-temps, Charles apprend que l'armée de la Sérénissime se met elle aussi en branle pour le rejoindre, si possible avant que ses troupes ne passent les Apennins. Il donne l'ordre de presser le pas. A Pise, il est accueilli par la population en liesse, des femmes de toute beauté acclament et embrassent les soldats français, surtout s'ils sont à cheval. Mais le monarque français est pressé et s'écrie : « Il nous faut choisir entre les plaisirs coupables et ceux de la table. La table n'a rien à voir là-dedans, mais c'est pour la rime », et avec toute l'armée il s'apprête à rejoindre la plaine du Pô.

Un roi doit parfois savoir baisser la tête,
surtout quand la poutre est trop basse.

Passé les premiers monts de Carrare, l'artillerie et les réserves sont en retard. Les Français descendent dans la vallée en ralentissant l'allure mais, à Fornoue, ils tombent sur les troupes de la Ligue, commandées par François Gonzague, marquis de Mantoue. La confrontation est féroce. Les troupes françaises, tout en étant inférieures en nombre, parviennent à éviter leur route et échappent à l'encerclement. Ils perdent beaucoup d'hommes mais déciment d'autant les rangs adverses. Découragé mais pas vaincu, le roi traverse les Alpes et s'en retourne en France.

Il se réfugie à Ambroise pour panser ses plaies. Là, il a un accident digne d'un bouffon. En passant à cheval sous une porte en pierre, en parfait guignol qu'il est, il se cogne le front sur l'architrave et meurt sur le coup. Le cheval, lui, n'a rien : il a eu la présence d'esprit de baisser la tête.

Le gendre d'Alexandre VI, caché on ne sait où, est lui aussi indemne. Le pape l'assaille de missives dans lesquelles il lui intime l'ordre d'abandonner le commandement à ses capitaines, plus aptes que lui, et de revenir immédiatement auprès de lui, à Rome. Le jeune Sforza, à l'évidence destitué, se hâte de rallier la capitale du Saint-Siège, où il rend visite à son épouse.

Le pape ne montre d'abord aucun signe d'hostilité flagrante envers son félon de gendre, si bien que, le jour du dimanche des Rameaux, on peut voir le seigneur de Pesaro à Saint-Pierre de Rome, assis entre les dignitaires, à côté de César, prendre le rameau béni que le pontife lui offre pendant le rituel. De retour au palais où l'attend Lucrèce, cette dernière se dit très inquiète pour l'avenir proche de son mari, et elle lui confie vouloir mettre à exécution une vieille ruse à laquelle sa famille a souvent recours : une provocation qui lui permettrait de savoir quel sort on lui réserve.

Giovanni parti, devant les serviteurs et en présence de sa nourrice, la fille du pape éclate en sanglots, se plaignant de ne plus pouvoir supporter cet époux que chacun juge pusillanime et sans dignité, aussi bien au combat que dans leur vie intime. Dans l'intention de la consoler, une servante l'enlace et lui susurre à l'oreille : « N'ayez crainte, Madame, d'ici quelques jours, vous en serez libérée.

— Libérée ? Qu'est-ce à dire ? Entendez-vous par là que mon mari pourrait être assassiné ? » L'intrigante s'empresse d'interrompre ce dangereux échange : « Mais ne dites pas de bêtises, assassiné ! Il existe des moyens bien plus faciles et moins sanglants si vraiment il était besoin de persuader un homme d'abandonner une proie aussi douce que vous. »

Adriana Mila ne dit pas un mot de plus et donne ses ordres : « Au travail, et pas de commérages ! »

C'est le signe pour Lucrèce que son piège a fonctionné. Son époux rentré, elle s'empresse de l'avertir : « Les choses s'annoncent mal, mon cher. Je sais avec certitude que mon frère César et mon père ont l'intention de t'éliminer. Le fait qu'il ne t'ait pas encore ouvertement menacé me laisse à penser qu'ils ont déjà préparé un guet-apens discret et bien plus cruel que ce que je pouvais imaginer.

— Qui t'a raconté ça ? Tes femmes de chambre ?

— Ecoute, mon Giovanni chéri, je sens à ta voix

que mes paroles ne t'ont pas convaincu, mais entends au moins mon conseil : tiens-toi à l'écart durant les prochains jours, fais seller un destrier et préparer des provisions et ne t'éloigne pas des écuries. » Sur ces mots, elle l'embrasse et s'en va, en murmurant, contrite : « Je t'assure que ma douleur serait immense s'il devait t'arriver malheur. »

Et quand on parle du loup, on en voit la queue. En effet, entre en scène Adriana, la maîtresse de tous les jeux qui, joyeuse, lui annonce : « Votre frère arrive au palais.

— Oh, quelle plaisante surprise ! », s'exclame Lucrèce avec conviction. Elle se fait aider de Giacomino, son serviteur le plus fidèle, pour revêtir un ample manteau et, une fois dans le salon des sculptures, elle ordonne au domestique de se cacher derrière la statue d'Hercule et Cacus et d'ouvrir bien grand ses oreilles.

Lucrèce accueille son frère avec un charmant sourire et l'étreint en s'écriant : « Quel magnifique cadeau tu me fais, César, par cette visite inattendue ! »

César l'embrasse avec tendresse et lui dit sans préambule : « Notre père et moi avons décidé que ton mari ne nous est plus d'aucune utilité, il est même un obstacle, désormais. Prépare-toi à être de nouveau nubile, voire veuve. »

Puis il ajoute, toujours à l'adresse de sa sœur, qui ne parvient plus à articuler une parole : « Nous en parlerons plus tard mais n'aie crainte, nous ferons le nécessaire pour que tu ne sois pas impliquée le moins du monde. » Le fils du pontife prend congé et se retire.

Lucrèce appelle aussitôt Giacomino : « Tu as entendu chaque mot ? Va vite le prévenir ! »

Le valet descend à l'écurie et trouve Giovanni déjà en selle sur son cheval turc.

Il a à peine le temps de lui répéter les paroles de César que le mari de Lucrèce donne un coup d'éperon et part au grand galop, sans même s'arrêter un instant en chemin pour laisser à sa monture le temps de s'abreuver.

Les chroniques assurent qu'il atteignit les Marches en vingt-quatre heures, une chevauchée qui aurait eu raison de n'importe quel cheval. En effet, arrivé aux portes de Pesaro, le destrier s'écroule à terre, mort.

Lucrèce a disparu. Est-elle en fuite,
a-t-elle été enlevée ? Qui sait !

Au même moment, à Rome, Lucrèce est descendue seule aux écuries, un gros sac à la main, et elle donne l'ordre au palefrenier de seller son cheval. Elle saute sur sa monture avec l'agilité d'une amazone, pose son bagage sur la croupe de l'animal, éperonne et s'en va à bonne allure.

Le soir venu, Adriana s'avise de l'absence de Lucrèce et, lorsque sonnent les vêpres, l'inquiétude la saisit. Elle envoie un serviteur vérifier que la jeune femme ne s'est pas attardée chez sa mère, mais on lui fait bientôt savoir que Lucrèce ne s'est pas montrée de la journée chez Vannozza.

Tremblante, la nourrice fait avertir le père, qui dîne en compagnie de quelques ambassadeurs. Il fait aussitôt mander le chef des gardes et le charge de se renseigner. Devant un tel déploiement de forces, la vérité ne tarde pas à se savoir : la dame est sortie à cheval avec des bagages et a pris la direction de la via Appia. On pense d'abord qu'elle est sortie de la ville mais, une fois interrogés, les gardes postés à chacune des portes de la cité expliquent qu'elle ne les a pas franchies.

Une nuit passe avant que le pape Rodrigue n'apprenne que son fils cadet, Jofré, est arrivé de Naples la veille et qu'il a sûrement vu sa sœur chez elle.

A l'auberge de *La Vache*, que chacun sait appartenir à Vannozza, on retrouve la trace du jeune homme : quelques gardes l'ont identifié et le conduisent aussitôt au Vatican. Dans un premier temps, Jofré nie avoir rendu visite à Lucrèce, mais devant l'insistance passablement menaçante de son pape de père, il se décide à parler.

« Oui, père, je me suis entretenu avec Lucrèce chez elle. Elle était bouleversée, elle m'a dit être persuadée que vous, Monsieur, et mon frère César aviez l'intention de tuer son époux.

— Mais que racontes-tu ? Comment a-t-elle pu imaginer de telles fariboles ?

— Je ne sais, répond le jeune homme, tendu. Et je

ne me suis même pas posé la question, j'étais moi-même trop bouleversé pour chercher à en savoir davantage sur les raisons du trouble de ma sœur.

— Bouleversé, toi ? Et pourquoi donc ?

— Je vous en prie, père. On raconte dans tout Rome qu'Alexandre VI est capable de connaître les pensées les plus secrètes de chaque habitant de cette ville à l'instant même où elles lui viennent.

— Qu'entends-tu par là ? gronde le souverain pontife. De quels secrets parles-tu ?

— Tout d'abord celui qui concerne notre famille.

— Ecoute, ne joue pas aux devinettes avec moi. Dis les choses clairement !

— Je parle de mon histoire, la mienne et celle de mon frère César, qui a satisfait un petit caprice en mettant la femme de son frère, ma femme, dans son lit !

— Que vas-tu inventer ?

— Assez, père, c'est toi maintenant qui fais l'innocent. Je te salue, je rentre à Naples.

— Arrête-toi ! » Il l'attrape par un bras et le serre sur son cœur. « C'est vrai, César a fait violence à ton épouse, c'est indigne. Je l'ai su ce matin même et je l'ai agoni d'insultes, et César s'est insurgé contre moi en hurlant : "Même si tu es le pape, je ne te permets pas de fourrer ton nez dans mes affaires. Occupe-toi plutôt de tes manigances galantes. Je ne t'ai jamais fait la morale, moi, et pourtant la liste de mes récriminations est longue". »

Jofré Borgia

Le Saint-Père apprend ainsi que Lucrèce est au courant des infamies amoureuses de César et que ces révélations faites, elle s'est mise à hurler, insulter et blasphémer contre chacun, à commencer par son frère, et même contre le pape.

Jofré continue son récit et se souvient : « "Assez ! a hurlé Lucrèce, bouleversée. Dans ce cas, je débarrasse le plancher, je préfère encore disparaître de cette vie putride. C'est ignoble ! Dans la même journée je découvre que mes parents les plus proches complotent pour assassiner mon époux et que mon frère César convoite la femme de notre frère cadet. Comme ça, par amusement !" Entre les cris, Lucrèce s'est mise à ouvrir tout grand ses coffres pour en sortir habits et lingerie et, tandis qu'elle les fourrait dans un sac, elle s'est écriée : "Je préfère encore m'enterrer au couvent que de vivre dans un monde aussi infâme !"

— Voilà ! s'exclame Rodrigue. Elle se cache dans un couvent ! Que n'y ai-je pensé plus tôt ? »

Et enfin, après avoir donné l'ordre aux inquisiteurs de passer au peigne fin les nombreux couvents de la ville, le pape découvre le lieu saint où sa fille a trouvé refuge.

Il s'agit du couvent des sœurs de Saint-Sixte.

Rodrigue s'y rend sur l'heure, en évitant de se faire accompagner aussi bien de sa suite que d'une escorte : à l'évidence, l'idée que sa fille puisse chambouler ses projets par quelque caprice le perturbe.

En outre, il éprouve pour elle un amour sincère : « Je t'aime vraiment ! Il n'est rien que je ne ferais pour toi.

— Père, je n'ai que faire d'un amour tel que celui que tu m'offres, rétorque-t-elle, tu n'aimes qu'à demi. L'existence que tu m'as imposée te paraît-elle digne ? J'ai par ta faute passé mon enfance à croire que l'homme de peu de talents qui partageait le lit de ma mère était mon vrai père. Au moins, à défaut d'autre chose, il me témoignait son amour. Dans le même temps tu te présentes à mes frères et à moi sous les traits du cardinal bienfaisant, homme de religion et au pouvoir immense. Et, beau comme l'astre, tu te révèles soudain pour ce que tu es réellement, non pas un ami généreux de la famille mais l'amant de ma mère depuis vingt ans, temps durant lequel tu l'as engrossée quatre fois selon ton bon plaisir. Et enfin, nous apprenons que tu es le cardinal le plus puissant de Rome, futur pape, un coureur de jupons invétéré qui collectionne les aventures. Au point que tu t'entiches d'une très belle de mes amies, une fillette, et tu en fais ta maîtresse. Pour une question de convenance, tu t'arranges pour qu'elle épouse le fils de ma nourrice, un pauvre hère, un bon à rien auquel en plus il manque un œil. Puis arrive mon tour. Tu décides, avec l'aide de mon frère César – le digne fils de son père celui-là – que je peux vous servir pour lier à votre projet le duc de Milan, qui a plutôt pour habitude de contrarier tes mouvements. Tu choisis un de ses neveux, un enfant illégitime lui aussi, comme par hasard fils du seigneur de Pesaro, un autre Sforza, et tu lui fais endosser l'habit du futur époux, sans même me demander, après me l'avoir présenté (note bien que j'avais alors treize ans), si un homme qui a le double de mon âge est susceptible de me plaire. Tu as fait montre d'une plus grande délicatesse lorsque, dans les écuries pontificales, tu m'as montré un poulain de race en me disant : “Voici le meilleur des cent chevaux du pape. Monte-le, mais s'il ne te sied pas et que tu as plus de plaisir à en chevaucher un autre, libre à toi. Tu lui enfiles le caveçon, tu le fais étriller comme il faut et tu l'emmènes chez toi.” Mais pour en revenir à l'autre poulain, le jeune Sforza, celui-ci aussi tu m'invites à l'emmener chez moi. Moi, je m'y fais, ce n'est certes pas l'homme dont je rêvais, mais il tombe amoureux de moi et je découvre pour la première fois ce que cela signifie d'être considérée comme un être humain et non comme un simple pion à déplacer sur l'échiquier de tes affaires. »

Le pape, après un long silence, s'adresse à sa fille d'une voix soumise : « Il me faut admettre que tu me connais mieux que je ne me connais moi-même. Je ne me réfugierai donc pas derrière la rhétorique et l'émotion pour me défendre de mes actes et justifier la façon dont j'ai mené et mène encore ma vie. Mais je te fais le serment que je ferai l'impossible pour sortir de ce labyrinthe où je me cogne de-ci de-là, souvent, crois-moi, désespéré au point de penser sérieusement tout abandonner.

— Vraiment, père ? Quand tu dis “tout abandonner”, tu veux dire abdiquer, ou mieux encore, renoncer à ta tiare et te retirer toi aussi au couvent ? Je suis navrée de ne pas avoir envie de rire en ce moment.

— Fort bien, j'ai compris, ce n'est pas mon jour. J'espère surtout que tu as choisi de rester entre ces murs afin de méditer, pour essayer de comprendre et de pardonner la folie qui s'est emparée de nous tous, nous ôtant toute sagesse et toute pitié, y compris envers nous-mêmes. »

Ainsi, avec une sortie de scène digne d'un *ipocrites* du théâtre grec, le pape s'en retourne au Vatican, le visage baigné de larmes.

A ce stade du récit, il va falloir préparer
un autre canevas. Veillons à ce qu'il
ne soit pas burlesque.

Alexandre VI est rasséréné, convaincu que Lucrèce ne pourra supporter très longtemps la rigueur de cette retraite monastique et qu'elle en sortira avec un esprit neuf, fortifié par la résignation. Mais quelques jours seulement s'écoulent et court déjà dans tout Rome, avec une clameur irrépressible, le bruit que la fille du Saint-Père a renoncé à tout jamais au faste de son somptueux palais pour s'enfermer au couvent. Il apparaît dès lors évident que l'intrigue basée sur l'élimination du mari, programmée depuis un moment, ne peut plus être jouée sur scène. Il va falloir broder un autre canevas, moins radical et surtout plus acceptable, quitte à transformer le tout en farce.

Le lendemain, César saisit le heurtoir et frappe avec force au lourd portail du monastère. Le visage d'une converse s'encadre dans le guichet de la porte en bois : « Qui cherchez-vous ?

— Je suis le cardinal Borgia, le frère de dame Lucrèce, ouvrez, je vous prie.

— Je regrette, Eminence, mais j'ai ordre de ne laisser personne, pas même les parents les plus proches, accéder aux cellules des hôtes. »

La converse s'apprête à refermer le guichet, mais la main leste de César se faufile à l'intérieur, saisit le voile de la jeune religieuse et tire dessus pour la contraindre à se montrer à la poterne. L'instant d'après, la porte s'ouvre en grand. Le visiteur tient la jeune fille par les cheveux et, la soulevant de sorte qu'elle est obligée de marcher sur la pointe des pieds, il lui ordonne de le mener à la chambre de sa sœur. Ils traversent le quadriportique et montent un escalier raide en haut duquel se trouve une porte à deux vantaux.

« Ouvre ! », aboie le cardinal avec l'arrogance de rigueur.

Un verrou claque, la porte s'entrouvre et apparaît Lucrèce. A la vue de son frère, la pauvre enfant blêmit et ne parvient à prononcer un mot. César donne un violent coup de talon dans la porte et la referme tout aussi sec. Il enlace alors les épaules de sa sœur, la serre contre lui et éclate en sanglots en lui murmurant : « Je t'aime. J'étais mort d'inquiétude à l'idée que tu accomplisses un geste inconsidéré par ma faute.

— Inquiet, toi ? Pour moi ?! Aurais-tu enfin compris que tu es en réalité le chef de troupe de toute cette mise en scène ?

— Ne t'y mets pas toi aussi, pour l'amour du ciel ! Tout le monde me piétine comme si j'étais un chien galeux ! Notre père m'a insulté, m'a traité de coupeur de gorges assoiffé de sang et de putassier à cause de l'aventure que j'ai eue avec l'épouse de notre frère. Et lorsque je lui ai dit que ce n'était pas moi qui avais fait le premier pas, mais elle, qu'elle s'était jetée sur moi dans le plus simple appareil, telle une furie, il m'a donné un soufflet d'une telle violence que j'en suis tombé à la renverse. Quant à notre frère Jofré, comme sa petite femme lui a raconté que je l'avais possédée par la force, il paraîtrait qu'il a ordonné à deux de ses sbires de me trouver et de me passer au fil de l'épée.

— Tiens donc, le terrible mâtin devient la proie de la poule. »

Le grotesque est le moyen le plus sûr
d'accéder à la sagesse.

« Tu sais ce que j'ai l'impression d'être en ce moment, et où il me semble me trouver ?

— Où ça, dis-moi ?

— Il y a quelques mois, pour fêter notre quatrième anniversaire de mariage, mon époux Giovanni, que vous appelez félon, et moi avions décidé de quitter Pesaro pour nous rendre à Ferrare, où nous savions que se tenait une grande foire en l'honneur du duc Hercule d'Este. Une fois installés en ville, nous assistâmes un soir à un spectacle d'une fantaisie incroyable et aux inventions scéniques les plus folles. Notre première stupeur fut de découvrir que contrairement à d'habitude, les acteurs ne s'exprimaient pas en latin ou dans des dialectes incompréhensibles, mais en langue vulgaire, celle parlée par les gens de Ferrare, un idiome propre et élégant. Mais la chose étrange était que les attitudes et les mouvements des personnages n'avaient rien d'humains. On aurait cru des animaux. Les acteurs mimaient le chien. Ils remuaient la queue (celle-ci était mise en mouvement par des fils actionnés par l'acteur lui-même), se reniflaient mutuellement le derrière chaque fois qu'ils se croisaient, grognaient en guise de salut, se léchaient le nez et le cou, levaient la patte pour faire leurs besoins et, de temps à autre, on assistait à la parade amoureuse des mâles, qui glapissaient, rampaient et finissaient par saillir la femelle, courbée sous eux comme il se doit. Tout ça se jouait tranquillement sur les trottoirs. Il ne faut pas s'en étonner, les animaux n'ont aucun sens de la pudeur. Chaque personnage revêtait le masque de chiens de diverses races. Il y avait des mâtins, chiens de chasse ou de compagnie, et le chœur était composé de bâtards. Afin de souligner ces différences, les comédiens qui menaient la meute portaient autour du cou un collier de cuir aux boucles dorées, tandis que les bâtards devaient se contenter de corde et de chaînes rouillées. »

César l'interrompt : « Pardonne-moi, mais pourquoi me narres-tu ce spectacle ? Quelle en est l'allégorie ?

— Mais mon cher, il s'agit de nous, nous sommes

les interprètes principaux de cette étrange comédie. J'ai appris plus tard que *La cité des canidés*, car tel est son titre, a été traduite en anglais, comme tout ce que nous écrivons désormais. Des comédiens ont essayé de monter le spectacle à Londres, sous un autre nom et avec quelques modifications de rigueur, mais le roi Henry VII l'a fait interdire et on raconte qu'il a envoyé toute la troupe en prison, y compris le souffleur.

— Je te le concède, nos villes et leurs princes commencent à être célèbres de par le monde, ne serait-ce que pour leurs orgies, scandales et obscénités.

— J'oubliais un détail, ajoute Lucrèce. Dans l'œuvre à laquelle nous avons assisté, presque à l'avant-scène, se tenaient des enfants qui se contentaient d'observer avec stupeur ces pantomimes grotesques des plus vulgaires. Ils déroulaient la large toile qui servait de rideau, comme pour effacer ce monde obscène et cruel que les acteurs avaient montré jusqu'alors. S'élevait aussitôt un chant fabuleux, et les enfants se mettaient à danser et à s'enlacer avec des gestes tendres et d'une grande pureté. Et c'est à cet instant que je nous ai revus enfants, à l'époque où nous vivions tous sous le même toit et où nous jouions au papa et à la maman.

— C'est vrai, je m'en souviens aussi. Chacun de nous jouait un personnage, Juan et moi faisions le père à tour de rôle, toi, Lucrèce, tu étais la mère, et le petit Jofré était notre fils, et nous nous aimions vraiment beaucoup.

— Je me rappelle que je répétais souvent : “Quand je serai grande, j'épouserai mon frère et je vivrai avec lui.”

— Oui, et moi j'étais jaloux de Juan qui avait deux ans de plus que moi et qui voulait toujours être le préféré. A chaque fois m'échouait le rôle de l'oncle, évêque et ami de la famille.

— Bien sûr, mais tu dois reconnaître qu'il arrivait que je te préfère toi, et je t'imposais alors comme mon époux.

— Et nous allions nous allonger sur le lit comme mari et femme. Je n'ai jamais oublié nos caresses.

— Je me demande souvent, ajoute Lucrèce, songeuse, pourquoi nous avions tant besoin de faire semblant d'être une famille.

— Certainement parce que nous sentions d'instinct que ce que nous croyions être une famille n'en était en réalité pas une, que ce n'était qu'une fiction. Nous nous inventions une autre vérité, même si elle était à son tour complètement fausse.

— A propos d'amours fantasmés et de relations indignes, j'ai entendu dire que dans tout Rome on murmure que nous serions amants.

— J'ai moi aussi entendu cette infamie. Pour cette raison mieux vaut que nous restions éloignés ; ne donnons pas aux mauvaises langues l'occasion de nous salir davantage.

— Entendu. Dois-je vraiment partir ?

— Oui, c'est bien plus sage.

— Ai-je le droit au moins de te serrer dans mes bras une dernière fois ?

— Certainement, et que Dieu te garde. »

A Rome, tout ce que l'on jette réapparaît bientôt, charrié par les eaux du fleuve.

Deux jours plus tard, au petit matin, les bateliers voient flotter dans le Tibre, porté par le courant, le corps sans vie d'un noyé vêtu d'habits somptueux, brodés d'or étincelant. On découvre bien vite qu'il s'agit de Juan Borgia, le fils aîné du pape Alexandre VI. Son cadavre est lardé de coups de poignard. Qui peut avoir tué un personnage aussi puissant, dont la carrière promettait des succès triomphaux, pour ensuite jeter sa dépouille avec mépris dans le fleuve ?

Tout Rome bruisse de discussions animées qui indiquent tantôt l'un, tantôt l'autre rival. On nomme naturellement les familles illustres, des Orsini aux Colonna, mais les soupçons finissent par se resserrer autour des proches de la victime, et le nom qui revient le plus dans les tavernes et les palais des grandes familles de Rome est celui de César Borgia, le frère.

De tous les habitants de la ville, le père, Alexandre VI, est sans doute le plus bouleversé, il frise le désespoir. Tout le peuple s'interroge pourtant : pourquoi le souverain de Rome n'ordonne-t-il pas à sa police de mener une enquête approfondie et sans pitié ? Au contraire, le père de la victime n'offre aucune réponse à ceux qui lui demandent quelle idée il se fait du mobile de ce crime et qui peut l'avoir perpétré, préférant se murer dans le silence. Et la conclusion à laquelle de nombreux sujets du Saint-Siège arrivent est digne d'une sentence de Pasquin : « Le pape ne dit mot car il sait que l'assassin est de la famille, sa propre famille ! »

Ainsi le pape devient-il automatiquement le principal responsable du meurtre. Chacun est désormais convaincu qu'il est tombé sous la coupe de son fils préféré.

Que les couards ne cherchent pas la liberté
en la réclamant à qui détient le pouvoir !

L'enfant terrible ne s'inquiète pas outre mesure de cette accusation. Il a une mission à mener à bien, il s'y est engagé auprès de son père : il s'agit d'inciter Giovanni Sforza, toujours marié à Lucrèce, à renoncer à elle s'il veut garder le pouvoir sur la ville de Pesaro.

Pour arriver à ses fins, il doit parler sans détour au couard époux de sa sœur. Il se rend donc dans les Marches, accompagné d'une escorte réduite.

Et il déniche Giovanni, qui, pâlissant à vue d'œil, est contraint d'écouter la proposition du jeune Borgia : « Cher ami, les choses sont ainsi : nous te proposons une alternative. Soit tu acceptes de signer un document par lequel tu déclares être impuissant et donc dans l'incapacité d'avoir des rapports charnels avec une femme, soit tu reconnais devant un juge avoir décidé de ton plein gré de ne jamais avoir consommé ton mariage avec Lucrèce.

Juan Borgia

César Borgia, « l'enfant terrible »

— En somme, répond Giovanni dans un sursaut de dignité et de courage, vous me demandez de raconter un mensonge qui couvrirait d'opprobre non seulement ma personne mais aussi mon épouse ! Comment peut-on croire qu'un homme, aussi gâteux soit-il, comme vous souhaiteriez que j'apparaisse, puisse rester de glace et dépourvu de tout désir charnel devant une femme aussi splendide que l'est votre sœur ?

— Eh bien soit, le rassure l'impitoyable César, si tu ne te sens pas le courage d'avouer ton impuissance, tu es libre de ne pas le faire, je respecte la dignité à laquelle chacun prétend. J'espère seulement que le destin t'aidera. Ce monde, mon cher frère, est semé d'embûches et de périls, on peut tomber sur un taureau qui a fui l'enclos et qui, dans sa folie, renverse quiconque se trouve sur son chemin, ou croiser un fanatique qui voit en chacun un hérétique qu'il enchaîne à un piquet auquel il met le feu, ou encore se trouver à avaler un verre d'un vin succulent destiné à un autre qui contient par hasard un puissant poison, et on finit alors sa vie secoué de spasmes terribles en hurlant comme une bête. Ce sont des choses qui arrivent ! Quoi qu'il en soit, penses-y, nous nous reverrons d'ici peu. Au fait, si tu souhaites consulter ton épouse, ma sœur en somme, sache que depuis hier elle ne réside plus au couvent de Saint-Sixte où elle avait trouvé refuge.

— L'auriez-vous enlevée ? demande le jeune homme avec humeur.

— Non, elle est partie de son plein gré, elle a disparu. Pour autant que nous ayons pu la chercher, nous n'avons trouvé aucune trace d'elle. Si tu la vois, fais-le-nous savoir, je te prie, nous sommes parents, après tout !

— Ah ! ah ! ah ! Non mais quelle plaisanterie ! »

Laissons César un instant pour nous rendre dans la campagne de Ferrare. Sur la berge du Pô de Volano, côté mer, se trouve un ancien couvent, abandonné au XIVe siècle par les sœurs qui craignaient d'être frappées par la peste qui sévissait alors. Quelques mois plus tôt, un groupe de religieuses en a découvert les ruines et elles sont en train de le restaurer.

Un jeune homme à cheval s'arrête devant le portail d'entrée et s'adresse à un maçon. Ce dernier lui montre le chemin et l'accompagne à l'intérieur, où se trouve un quadriportique. L'homme met pied à terre et dans l'instant une femme plutôt corpulente s'avance vers lui en le rudoyant.

« Partez d'ici ! Qui venez-vous chercher ? »

On entend aussitôt la voix de Lucrèce qui crie d'une fenêtre :

« Laisse-le tranquille ! C'est mon époux ! » Et elle ajoute : « Giovanni, je descends tout de suite ! »

Lucrèce réapparaît bientôt dans la cour : « Oh, Giovanni, quel bonheur de te voir enfin !

— Comment t'est-il venu à l'esprit de te retirer en ce lieu ? Si je ne m'abuse, il s'agit d'un ancien monastère, ton père n'aura aucune peine à te trouver.

— Autrefois, c'était un monastère, mais c'est aujourd'hui une communauté de Pizzocchere !

— De Pizzocchere ? Qu'est-ce que c'est que ça ?

— Ce sont des sœurs mineures qui n'ont besoin d'aucune autorisation pour fonder un ordre. C'est pourquoi aucun membre du clergé officiel ne pourra nous débusquer.

— Heureusement que Giacomino, notre fidèle serviteur, m'a trouvé à temps. Il est arrivé au moment où je m'apprêtais à partir… Je ne sais pas où, le plus loin possible.

— Qu'est-il advenu ?

— Ton frère César est venu me trouver, envoyé par ton père. Pour pouvoir annuler notre mariage, il a exigé que je signe un document par lequel je reconnaissais mon impuissance !

— Toi, impuissant ? Et l'as-tu signé ?

— Pas encore, mais je ne sais pas trop comment je pourrais m'y soustraire.

— Il ne recule vraiment devant rien !

— Non, et il en a profité pour me faire comprendre que si je refusais leur proposition, il pourrait soudain m'arriver quelque accident fâcheux, je ne sais trop qui pourrait m'éliminer. A ce propos, je dois t'apprendre une nouvelle qui te fera de la peine…

— Mon Dieu, encore une ? De quoi s'agit-il ?

— Ton frère Juan… Il a été retrouvé assassiné.

— Tu ne m'apprends rien.

— Ah bon ? Et sais-tu que tout Rome est persuadé que le meurtrier est justement ton frère César ?

— Oui, cela aussi je le sais, et aussi le fait que notre

père est considéré à son tour responsable, car il savait certainement et a demandé pardon pour les auteurs du crime.

— Oui, et de cette façon, il s'est révélé complice.

— C'est ainsi, malheureusement. Et je sais aussi qu'il a ensuite eu une crise terrible, il ne s'est pas montré une seule fois en trois jours, il s'est enfermé dans sa chambre et on l'a entendu hurler de désespoir et verser des torrents de larmes, de jour comme de nuit. Et où était son fils, l'assassin ? A ses côtés, peut-être ? Non ! Il s'était rendu à Pesaro à bride abattue afin de te voir et de brandir ses menaces de mort au cas où tu refuserais de te plier à ses exigences. C'est pour cette raison que je me suis enfuie du couvent de Rome, je ne veux plus voir personne de ma famille, ni continuer de vivre avec cette malédiction terrible qu'est le nom de Borgia.

— Et maintenant, afin que tu puisses vivre à l'abri des contraintes et des violences, je suis obligé de te libérer de moi. Et dire que j'ai vécu à tes côtés les plus belles années de mon existence.

— Ne t'occupe pas de moi, inquiète-toi plutôt de sauver ta vie. Tu sais quoi ? Il existe une solution !

— Laquelle ?

— Ton oncle Ludovic le More est un Sforza, comme toi, il te doit quelque reconnaissance. Après tout, c'est pour te plier à son désir que tu as accepté de me prendre pour épouse, cela l'arrangeait. N'est-ce pas ?

— Oui, c'est vrai, mais c'est peine perdue.

— Pourquoi ? Allons-y, aie au moins le courage d'essayer.

— Je l'ai déjà fait, ma douce Lucrèce, et il n'en est rien sorti, au contraire, je m'en suis retourné plus mortifié encore.

— Pourquoi mortifié ? Explique-toi !

— Je lui ai demandé d'intervenir, de nous protéger contre la brutalité des Borgia, et lui, le More, il m'a répondu : "Sais-tu ce que tu devrais faire ? Démontrer à tout le monde que tu n'es pas impuissant et que tu es même un véritable étalon. — Et comment faire ? — Tu te présentes devant une assemblée qualifiée composée uniquement d'hommes, parmi lesquels, naturellement, le légat du pape, les représentants des arts majeurs et aussi quelques matrones, et surtout deux proxénètes, afin qu'ils puissent vérifier *de visu* ton aptitude et, nu comme un ver, tu affrontes la grande épreuve : c'est parti ! Voilà qu'entre en scène une femme aux seins de toute beauté et aux fesses somptueuses, elle aussi dénudée et brûlante de désir, qui t'invite au combat. Et toi, en bon bélier, tu montres aussitôt tes attributs en splendide érection et tu la possèdes, une, deux, trois fois de suite… Bon, mettons deux fois, c'est déjà assez…" »

Lucrèce le regarde, effarée : « Incroyable… Il t'a vraiment parlé en ces termes ? Avec ce langage ? Il est bien vrai que les tragédies les plus poignantes risquent toujours de tourner à la farce obscène. A ce propos, j'ai oublié de te demander si tu avais déjà mangé.

— Ne t'inquiète pas, je trouverai une taverne en chemin.

— Tu n'y penses pas ! Le soir tombe, il serait insensé de te mettre sur ces routes de nuit. Ecoute-moi, dors ici, tu repartiras demain à l'aube.

— Dormir ici ? Y a-t-il une chambre pour moi ?

— Oui, la mienne.

— Es-tu certaine de ce que tu dis ?

— Je ne sais pas de quoi demain sera fait, il se peut que nous nous voyions pour la dernière fois, je veux te donner, et m'offrir un beau souvenir de notre histoire. »

Le lendemain matin, Giovanni monte à cheval et prend la direction de Milan où, devant Ludovic le More, le cardinal Ascanio Sforza et César Borgia, il s'apprête à signer la déclaration alléguant son impuissance : « Je me plie à votre dictat, intime-t-il au frère de Lucrèce, mais vous devez en échange m'assurer que vous laisserez enfin votre sœur en paix ! J'entends par là que vous lui garantissiez le droit de vivre sa vie comme bon lui semble. »

Au même moment, Lucrèce, qui est arrivée à Rome pour l'occasion, signe devant le pape et deux notaires un document par lequel elle reconnaît que son mariage avec Giovanni Sforza n'a jamais été consommé. Son père prend congé d'elle en la serrant sur son cœur : « N'aie crainte, j'ai donné l'ordre que l'on cesse de te persécuter, je veux que tu sois entièrement libre, et si possible heureuse. Je te demande de rester quelques heures, j'ai besoin que tu assistes à une réunion que j'aurai sous peu avec tous les évêques et les cardinaux.

— Pourquoi ?

— C'est une surprise, ma chérie. Je suis certain que mes paroles te laisseront aussi stupéfaite que la curie tout entière.

— Mais comment puis-je m'asseoir parmi le clergé, je suis une femme !

— Entre dans cette pièce, y sont rangés les habits que revêtent les sœurs qui m'assistent, tu en trouveras un à ta taille. Je commencerai mon discours une fois que tu auras pris place. »

Le saint chambardement.

Peu après, dans le salon des tapisseries, s'ouvre le consistoire. Alexandre se lève de son trône et commence à parler d'une voix ample, presque hésitante : « Permettez-moi de vous faire part de mon état d'esprit suite à l'assassinat de mon fils aîné. Plus grande douleur ne pouvait me frapper. J'avais pour lui un amour excessif, comme il est juste que tout père porte à un enfant aussi doux et droit que Juan. Ce coup terrible m'a fait perdre toute estime envers ma fonction de pape et quelque autre engagement de valeur. »

Un léger bourdonnement s'élève dans la salle, le souverain pontife regarde autour de lui, comme pour en déchiffrer la cause, et reprend : « Si ma charge me permettait de gérer sept tiares, je les rendrais toutes pour rappeler mon fils à la vie. Cette punition a ébranlé mon existence non parce que Juan le méritait, mais sûrement à cause d'un de mes péchés. Ma première faute a été de penser avant tout aux avantages que je pourrais tirer de mon office, oubliant que j'avais été élu pape non pas pour laisser les choses telles que je les avais trouvées, mais pour les modifier dans leur totalité. Si ce rude signe que m'envoie le Ciel était ignoré, l'Eglise et moi-même ne pourrions qu'être de nouveau mis en garde et donc punis plus sévèrement encore. Jusqu'à ce jour, l'habitude perdure d'aliéner les biens du clergé, j'entends par là de les vendre, d'en faire commerce et d'en tirer le maximum de profit. Et notez bien que ce ne fut certainement jamais par charité évangélique, mais pour alimenter ces ruisselets de pouvoir que vous tous ici connaissez.

« A partir de maintenant, cette indignité ne doit plus avoir cours. Et pendant que nous y sommes, parlons aussi des banques. J'ai relu avec attention les textes sacrés des Evangiles. Nulle part je n'ai trouvé la moindre allusion au fait que l'Eglise, pour s'imposer parmi les désespérés, devra bâtir un palais où, grâce aux prêts et aux mouvements commerciaux engendrés par les affaires et les échanges, s'accumuleront des biens pour émanciper l'humanité. Pas la moindre allusion !

« Par contre, en relisant l'Evangile, je suis tombé sur un prophète qui distribue des coups de bâton sur les têtes des marchands qui, grâce aux religieux qui autorisaient les usuriers et les profiteurs à dresser leur étal, font des affaires dans l'enceinte du temple.

« Pour être clair, il est une règle que vous devrez dorénavant accepter : aucun cardinal ne sera autorisé à posséder plus d'un évêché, et interdiction lui sera faite de tirer de ses bénéfices un revenu annuel supérieur à six mille ducats[1]. La simonie que j'ai moi-même pratiquée sera, à compter d'aujourd'hui, punie d'anathème, en d'autres termes d'excommunication. J'insiste, je ne souhaite pas que l'on puisse dire de moi que je suis un beau parleur qui, alors même qu'il pointe un doigt accusateur vers les ignominies de ses frères, empoche de l'autre main ducats et avantages, prébendes et charges, pour soi, ses enfants et ses proches. Pour sauver l'Eglise et nous présenter à chaque croyant comme des hommes neufs, nous n'avons d'autre choix que d'appuyer avec vigueur sur la pédale du tour, afin de mouler de nouvelles consciences et une charité renouvelée.

« Et donc je vous le demande : comment pouvons-nous, nous qui nous disons les intermédiaires de Dieu, chargés de préparer la justice parmi les soumis, recevoir des émoluments qui s'élèvent jusqu'à cent fois le montant de ceux de nos serviteurs, notamment les curés de paroisse ? Vous rappelez-vous l'épisode dans lequel le fils de la riche crapule demande à Jésus : “Maître, que dois-je faire pour être digne de marcher après toi vers le Royaume de Dieu ?”, et vous rappelez-vous les

1. Marion Johnson, *op. cit.*

paroles du Maître ? Eh bien imaginez qu'aujourd'hui le même jeune homme refasse la même demande au Messie, que répondrait le Fils de Dieu ? Se contenterait-il de dire : "Dépouille-toi de tes richesses" ? Non. Il ajouterait : "Libère-toi de tous les privilèges dont tu jouis par ta condition – les prébendes, les legs, les adjudications, les pots-de-vin, sans parler des voleries que chaque membre de ta congrégation organise sans craindre d'être incriminé ou puni." Nous devons avoir le courage de dénoncer ces faits devant l'ensemble de la curie, gangrénée par la corruption et l'extorsion. Les laïcs de toutes les provinces sont rançonnés et opprimés par les administrateurs ecclésiastiques, et s'ils tentent de s'opposer, ils sont inexorablement frappés d'une rapine de plus.

« Et pour finir (je sais que par cette requête je risque de jeter un énorme pavé dans une mare remplie de grenouilles), je demande aux évêques, aux cardinaux et aux prêtres de cesser tout commerce avec la kyrielle de concubines qu'ils entretiennent. Et cela vaut aussi pour le pape. »

Le consistoire est sous le choc. Pensant que le discours est terminé, chacun se lève et commente avec inquiétude avec son voisin les propositions du Saint-Père.

« Attendez un instant, je n'en ai pas encore terminé ! », tonne Alexandre VI. Tous s'arrêtent en se laissant retomber sur leur siège. « Je voulais vous prévenir que, depuis trois jours, je m'entretiens plusieurs heures durant avec dix cardinaux de la commission réformatrice et que nous sommes en train de dresser un état des lieux. N'allez pas penser que notre intention est de chatouiller les consciences, histoire de varier un peu le rythme monotone des engrenages du pouvoir. Nous imposerons cette transformation afin de décrotter nos chausses de toute cette pourriture, quitte à être ensuite contraint de marcher pieds nus. »

Tandis que le salon se vide, le pape reste seul et remet ses papiers en ordre. Il est aussitôt agrippé par deux bras qui font voler les feuilles autour de lui, et un visage se colle au sien et le couvre de baisers. Naturellement, celle qui déverse sur lui cette effusion de tendresse est sa fille Lucrèce.

« C'est merveilleux, père ! s'exclame-t-elle entre larmes et cris de joie. Ce que tu as dit et le courage dont tu as empreint tes paroles ! Je me demande encore si ta vive émotion a vraiment produit cette métamorphose dont tu nous fais le présent ! Il y a une heure encore, je haïssais ce que tu représentais, père, mais je ressens désormais pour toi une affection que je n'avais jamais connue. Je t'en prie, ne te laisse pas détourner de ce que tu as décidé d'accomplir, ne trahis pas la confiance de milliers de fidèles qui, comme moi, attendent un miracle d'une Eglise vraiment sainte. »

Lucrèce envoie aussitôt une missive aux Pizzocchere qui l'ont accueillie aux environs de Ferrare : « Dieu est vraiment grand et imprévisible. D'un tyran, il a fait de mon père un chrétien débordant d'humanité. Pour l'heure, je reste à Rome, je souhaite vivre cet extraordinaire événement au plus près. »

Un délégué florentin dans la Cité commente, incrédule : « La commission réformatrice siège chaque matin au palais pontifical[1]. Chacun œuvre avec une telle participation et alacrité qu'à observer ses évêques et cardinaux affairés, on se demande à chaque instant si on se trouve au Vatican ou au beau milieu d'une danse où chacun récite l'absurde le plus outré. »

Que celui qui a opté pour la rédemption du péché se prépare au supplice.

Quelques jours plus tard, voilà que réapparaît le fils du pontife, César, qui lui demande une audience privée, sans ses évêques. Ils se mettent à l'écart, dans une grande salle où quelques ouvriers sont occupés à restaurer les murs. César leur fait signe de sortir et se prépare à s'insurger contre son père qui, tranquillement, s'est assis sur un banc.

« Père, tu as joué une scène tout à fait bouleversante, félicitations !

— Je savais que ma décision ne serait pas à ton goût, mon fils. Pardonne cette question, mais rien n'a-t-il jamais remué ta conscience ? La vie que tu mènes, par exemple, t'apporte-t-elle toujours la sérénité ?

— Père, je préférerais éviter de parler de moi, et à ta place je prêterais l'oreille à ce que disent de toi tous ceux

1. *Ibid.*

qui, en ce moment, font mine de te soutenir et qui, comme toi, semblent être tombés de cheval, foudroyés sur le chemin de Damas, repentis et prêts à transformer le monde.

— Je sais, l'interrompt le pontife, que nombre d'entre eux jouent le jeu dans la seule attente de me voir trébucher et de pouvoir m'évincer, mais il y a hors de ces murs des milliers d'hommes et de femmes qui ont foi en ce que je me propose d'accomplir. C'est pour eux que je suis devenu fou, comme vous dites.

— C'est vraiment étrange, tu as envoyé à Savonarole des lettres qui n'étaient que mépris, te souviens-tu ? Tu l'as même menacé d'user de la force contre lui et ses partisans.

— Oui, mais je l'ai toujours respecté, et aujourd'hui encore, je continue de croire que c'est certes un agité, mais qu'il est doté d'une grande humanité.

— Je sais, tu l'as même invité à venir te voir afin que vous réfléchissiez ensemble à quelque chose de complètement différent pour l'Eglise. Et pas seulement. J'ai lu des comptes rendus de ton discours au consistoire : tu t'es approprié certaines de ses paroles pour mieux illustrer ton projet, je les ai apprises par cœur : “Nous ne disons que des paroles vraies, ce sont vos péchés qui prophétisent contre vous. Nous voulons mener les hommes vers une vie honnête. Vous, au contraire, entendez continuer à leur montrer le chemin de la luxure, de la pompe et de la suffisance, car vous avez gâté le monde et corrompu les hommes en les entraînant vers l'escroquerie et le mensonge.”

— Oui, c'est vrai, j'ai utilisé ses mots car je suis convaincu qu'ils sont sincères et efficaces et qu'ils peuvent ébranler les consciences.

— Bravo, mon cher père, mais sais-tu ce que tu risques à échauffer les esprits du peuple ?

— Oui, de voir mon trône renversé si je ne m'y accroche pas assez fort.

— Non, cela te conduira au martyre. Est-ce vraiment ce que tu désires ? Veux-tu vraiment que soit dressé l'échafaud avec ses cordes pour la pendaison et un feu dans lequel a été jetée de la poudre à canon pour rendre le bûcher plus spectaculaire ? Il me plairait que dans un an, plutôt que d'être ici, à Rome, nous nous penchions au balcon du palais de la Seigneurie, à Florence, pour assister à l'épilogue de la grande aventure de ton saint homme, Jérôme Savonarole. Tu sais sans doute que le seigneur de Florence lui a retiré sa protection et que le procès se clora sur une condamnation à mort.

— Oui, je sais également que tu t'es empressé d'éliminer ce frère et tous ses partisans voici quelques mois.

— Que dis-tu, père ? Que suis-je censé avoir fait ?

— Oh, une broutille, tu as juste forgé un faux par lequel tu as induit l'évêque de Pérouse à prononcer un ordre quc j'aurais soi-disant émis depuis Rome au sujet de Savonarole. Un ordre d'excommunication, naturellement. Un faux que le sieur Médicis lui-même a, dans un premier temps, cru authentique. Heureusement, on n'a pas tardé à découvrir qu'il s'agissait d'une contrefaçon, cher César, tu sais ce que je veux dire.

— Et j'aurais commandé cette “contrefaçon” ?

— Oui, mon cher, et à mon insu. Je reconnais toujours tes malhonnêtetés, même de loin.

— Je vois que mes paroles ont été vaines, je m'en doutais. J'étais venu ici dans le seul dessein de te mettre en garde. Sois néanmoins assuré que lorsque tu prendras conscience de ce que tu as fait et que tu chercheras à échapper au lynchage, je me rangerai de ton côté. Je te baise les mains, mon père, *adiós.* »

Il est de notoriété publique que les fêtes organisées dans les milieux ecclésiastiques ont récemment été interdites par la réforme d'Alexandre VI. Mais les célébrations qui n'ont rien à cacher et qui se déroulent au grand jour et chastement, y compris les danses et les chants, n'ont aux yeux de l'Eglise rien de répréhensible. Elles sont même tout particulièrement appréciées si elles sont le fait d'ordres comme celui des Humiliés, que le Saint-Père a enfin libérés de la menace d'une dissolution. La soirée dont nous allons parler a justement pour but de célébrer gaiement la fin du danger.

Un événement d'amour vraiment imprévisible.

Pour l'occasion, Lucrèce, invitée de marque, a été désignée amphitryon par le maître de la congrégation. Elle a pour tâche d'accueillir les invités et de les mettre à leur aise en les présentant les uns aux autres. A ses côtés, pour la seconder, se trouve Giulia Farnèse, que Lucrèce cherche à impliquer dans la fête, car la jeune fille ne cesse d'éclater en sanglots désespérés et de se plaindre que le pontife la délaisse complètement depuis plusieurs semaines.

Un groupe de musiciens accueille chaque invité. L'atmosphère ressemble à celle des *mariazzi*[1] populaires où, en général, on met en scène des disputes amoureuses entre les filles et les garçons. Chacun veille à montrer un caractère enjoué et joyeux. Au même instant, un groupe de jeunes Napolitains fait son entrée. Il émane d'eux une telle sympathie qu'une vague d'euphorie court aussitôt dans l'assistance. Parmi eux se trouve un garçon très jeune, de dix-huit ans peut-être, qui se prosterne devant Lucrèce avec un salut exagéré qui fait monter en elle un éclat de rire retentissant. En se redressant, il perd l'équilibre et tombe par terre. Lucrèce l'aide à se remettre debout et elle se retrouve aussitôt entre les bras du jeune homme. Ils restent un long moment plongés dans les yeux l'un de l'autre, comme ensorcelés.

Il est clair que nous assistons à un coup de foudre. Et en effet, ils ne se quittent pas de toute la soirée. Ils se racontent leur vie, en un dialogue digne de figurer dans *Roméo et Juliette*.

1. Un *mariazzo* est une comédie du théâtre vénitien dont l'argument principal est la célébration d'une noce (*mariazzo* signifie mariage en vénitien), au cours de laquelle survient un événement qui fait éclater la discorde. On assiste alors à des querelles d'amoureux et des rivalités entre amis, des disputes et des réconciliations. (N. d. T.)

« Qui es-tu ? demande le garçon.
— Je suis dame de compagnie.
— De qui ?
— De dame Lucrèce. La connais-tu ?
— Non, mais j'ai beaucoup entendu parler d'elle...
— En bien ou en mal ?
— En des termes des plus élogieux. A Naples, où je vis, la fille du pape est presque devenue une légende pour amoureux.
— Cela lui ferait sans doute plaisir d'entendre tes paroles. Malheureusement, elle n'est pas ici, Dieu seul sait où elle est fourrée. Et toi, dis-moi, qui es-tu ?
— Un simple palefrenier du duc de Naples. Qui lui non plus n'est pas ici.
— Oh, regarde, ils sont en train de distribuer des masques de papier mâché. En veux-tu un ?
— Si cela te fait plaisir que je cache mon visage...
— Mais que dis-tu, d'ici peu tout le monde en portera un, nous ne pouvons pas être les seuls à ne pas jouer le jeu. »

Tandis qu'ils enfilent leur masque, Lucrèce demande : « Et quel est ton nom ?
— Je préférerais ne pas te le dire car s'ils me reconnaissent, je risque d'être chassé d'ici sur-le-champ.
— Pourquoi donc ?
— Ma famille est en mauvais termes avec nos hôtes, les Colonna, qui sont les maîtres des lieux.
— D'accord, dans ce cas je vais t'en donner un. Alphonse ! C'est un prénom pompeux, il te plaît ?

Alphonse d'Aragon

— Oui, assez. Et toi, comment te prénommes-tu ?
— Inventes-en un pour moi aussi.
— D'accord, je t'appellerai Emiliana.
— C'est beau, j'aime bien !
— Pourquoi as-tu voulu que je t'invente un nom ?
— Parce que moi aussi je suis clandestine.
— Clandestine ? Que veux-tu dire ?
— Je suis une sœur converse et je me suis enfuie du couvent le jour où je devais prononcer mes vœux.
— Ah, c'est un peu gros ! Et tu voudrais que je te croie ?
— Si tu préfères, je te raconte que je suis une fille de joie et que je suis ici pour gagner ma vie. »

Lucrèce et Alphonse finissent par se retrouver entièrement seuls dans un des appartements du palais.

« Que s'est-il passé ? demande le jeune homme. Il y a un instant, cette pleureuse de Giulia était avec nous, et aussi celle que tu appelais nourrice, et mon compagnon Ludovico. Je vais à la fenêtre pour prendre une bouffée d'air, je reviens et je ne vois plus personne. Je te cherche, toutes les pièces sont vides et enfin je te trouve ici, seule. Où donc ont-ils tous filé ?
— Ils sont partis.
— Pourquoi ?
— A cause, ont-ils dit, d'un accident qui aurait frappé le fils d'Adriana, ma nourrice, qui est aussi le mari de Giulia Farnèse.
— Oh, j'en suis désolé ! Que lui est-il arrivé ?
— Ne t'inquiète pas, rien de grave.

— Et ils ont également emmené mon compagnon… Pourquoi cela ?

— Je ne crois pas que cette histoire d'accident soit vraie, ils l'ont inventée afin que nous puissions rester seuls, c'est un joli cadeau, tu ne trouves pas ? Ou cela te déplaît ?

— Non, non, bien au contraire ! Et à qui appartient cette maison ?

— C'est la mienne, j'y habite avec ma nourrice…

— La tienne ? Tu me fais marcher ! Pardonne-moi, je suis soucieux pour mon camarade… Penses-tu qu'ils vont revenir ? Et quand ?

— Ne t'inquiète pas pour eux, mets-toi plutôt à ton aise ! » Et elle lui indique un divan.

Il s'assoit, regarde autour de lui, puis ajoute : « Je te prie de m'excuser si je me comporte en parfait idiot, mais voilà… Tu m'intimides…

— Moi ? Pourquoi donc ?

— Je ne sais pas, lorsque je t'ai aperçue, je me suis dit : "Cette jeune femme n'est pas une fille ordinaire, c'est une reine."

— Oh, merci ! Tu es trop aimable ! » Elle lui attrape la main et lui demande : « J'espère ne pas me montrer indiscrète, mais as-tu réellement vingt ans ?

— Je t'ai trompée tout à l'heure, je le confesse… En réalité, je n'ai pas encore dix-sept ans.

— Sois tranquille, je n'ai qu'un an de plus.

— Un an de plus de quoi ? De dix-sept ou de vingt ?

— De dix-sept.

— Ah, tant mieux…

— As-tu une bonne amie à Naples ?

— Oui, mais nous ne nous voyons jamais, ne serait-ce que parce qu'elle ne le sait pas.

— Entends-tu par là que tu ne t'es pas encore… comment dit-on ?… déclaré ?

— C'est cela… Je joue les fanfarons, vois-tu, mais… A toi je peux le dire, je n'ai jamais connu de femme intimement.

— Vraiment ?

— Non, en fait ce n'est pas vrai, je suis… Mes compagnons, voici quelque temps, m'ont joué un tour. Ils m'ont raconté que nous allions chez des amies à eux, et bientôt je me suis rendu compte qu'ils m'emmenaient au bordel. La fille avec laquelle ils m'ont laissé a ôté ses vêtements devant moi et m'a lancé : "Qu'est-ce que tu attends ? Retire-moi tout ça qu'on s'amuse un peu !". Et moi, lorsque je l'ai vue toute nue, je me suis enfui.

— Pourquoi ? Etait-elle si vilaine ?

— Non, je ne crois pas… Je ne l'ai même pas bien regardée. Cela m'a seulement agacé de devoir parler avec une femme nue sans la connaître.

— Alors, comme tu me connais, tu vas continuer à me parler même si je me déshabille ?

— Oh, Seigneur…Tu te moques de moi ?

— Pas le moins du monde ! Allez, commence à te dévêtir !

— Mais que dis-tu ? Ainsi ? A l'improviste ?

— Oui, tu as raison, peut-être vaut-il mieux que nous fassions plus ample connaissance.

— Mais alors, toi, tu as déjà connu des hommes ! Combien ?

— Eh bien, comme ça, de but en blanc, je ne saurais te dire… Je plaisante, naturellement ! Veux-tu que je te dise la vérité ? Je suis mariée !

— Non ! Tu veux dire que tu as un époux ?

— Non, plus maintenant. On m'avait forcée à l'épouser, pour des questions… que je n'ai nul besoin de te raconter. Mais ensuite, ma famille a décidé de s'en débarrasser et a réussi à annuler le mariage. Je suis désormais à nouveau libre, et seule.

— Et… Combien de temps avez-vous été mariés ?

— Je t'en prie, veux-tu arrêter cette enquête ? Cela fait un long moment, depuis que je t'ai aidé à te relever et que nous nous sommes étreints, perdus dans les yeux l'un de l'autre, que je veux te confier une chose… Tu sais quoi ? Je trouve que tu es le jeune homme le plus beau que j'aie jamais vu. Tu as dit que je ressemblais à une reine, mais toi, tu es plus beau qu'un roi. Je pourrais t'épouser sur-le-champ. Rien que pour faire l'amour avec toi.

— Grands Dieux ! Vraiment ? » Le jeune homme prend une profonde inspiration et ajoute : « Moi aussi. »

Le matin suivant, ils se réveillent, enlacés. Ils se détachent à peine et s'observent en silence, un long moment. Puis Lucrèce se met debout sur le grand lit, et s'écrie : « Mon Dieu ! Vu d'en haut et entièrement nu, tu es encore plus beau ! Mais à quelle Maison appartiens-tu, Napolitain ?

— Je ne puis te le dire. Cela ne te ferait sans doute pas plaisir, et je crains que mon père et ses frères ne me permettraient pas de te prendre pour épouse.

— Oublie tout ça et dis-moi quel est ton nom.

— Je suis un Aragon.

— Aragon ! Seigneur Dieu ! Autant dire les rois de Naples.

— Oui, mais je suis un Aragon bâtard.

— Si cela ne tient qu'à ça, sache que je suis moi aussi une enfant illégitime.

— De qui ?

— Des Borgia.

— Borgia ? Oh, Sainte Mère de Dieu !

Pour suivre les voies du ciel il suffit de savoir lire le cours des astres.

Le pape est dans son bureau, dos à la fenêtre : « Entre, Gertrude, entre donc ! Et assieds-toi. »

La jeune sœur qui se glisse dans le cabinet s'incline : « Vous m'avez fait quérir, Votre Sainteté ?

— Oui, je souhaite te charger d'une tâche très sérieuse.

— J'espère m'en montrer digne. Je vous écoute, Très Saint-Père.

— D'ici peu, aujourd'hui même, je pense, arriveront deux personnages très importants pour moi. L'un est polonais et parle couramment notre langue, l'autre

Nicolas Copernic

est de Ferrare et se trouve être le maître du premier, qui n'en est pas moins devenu plus célèbre que son maître.

— Cela arrive parfois.

— En effet. Le Polonais se nomme Copernic, c'est un savant qui étudie les astres ; l'autre s'appelle Novara et, en plus d'être astronome et mathématicien, il lit et parle le grec ancien.

— Je serai émue de pouvoir rencontrer de telles personnes.

— Moi aussi. Mais venons-en à ce que j'attends de toi : tu dois faire en sorte que les habituels curieux, et autour de nous Dieu sait s'il y en a, ne viennent fourrer leur nez ici tant que les deux savants s'entretiendront avec moi.

— J'y veillerai, Saint-Père, je vais de ce pas aux portes du palais afin de prévenir les gardes de leur arrivée. Voulez-vous bien me répéter leurs noms, Votre Sainteté ? » Et sur ces mots, elle sort un carnet et un crayon.

« Non, n'écris rien ! Garde tout en mémoire, je ne veux voir traîner aucune note que ce soit. Si tu écris un mot qui tombe entre de mauvaises mains, et tu sais de qui je parle, une enquête sera immédiatement diligentée et assurément suivie d'un procès.

— Vous avez raison, Votre Sainteté. Avec votre permission », et elle se retire.

Le pape retourne à son écritoire, mais voilà que la nonne réapparaît aussitôt : « Veuillez m'excuser, Saint-Père.

— Qu'y a-t-il, Gertrude, as-tu oublié quelque chose ?

— Non, Votre Sainteté, mais les deux savants viennent d'arriver, ils gravissent en ce moment même les marches de l'escalier.

— Quelle rapidité ! Fort bien, va à leur rencontre, accueille-les avec la révérence qui leur est due et conduis-les ici. »

L'instant d'après, les deux savants sont introduits dans le cabinet du pape, qui se lève et s'avance vers eux : « Soyez les bienvenus, mes amis. Vous êtes arrivés plus tôt que je ne le pensais.

— Devant votre insistance, répond le plus âgé des deux, nous nous sommes hâtés.

— J'imagine que vous êtes maître Novara, dit le pape en s'adressant à celui qui a pris la parole, et que ce jeune homme est votre disciple, Copernic. Ai-je vu juste ?

— Oui, c'est bien cela.

— Prenez place, je vous en prie.

La nonne pousse deux chaises vers eux, puis va se poster au fond de la salle, debout à côté de la porte : « Pardonnez-moi, Votre Sainteté, commence maître Novara en prenant place, mais avant de nous lancer dans cette conversation, nous souhaiterions savoir en quoi les deux astronomes que nous sommes peuvent vous conseiller sur une question qui touche au devenir de la chrétienté.

— Je vous répondrai à mon tour par une question : Comment avez-vous deviné qu'il s'agissait d'un problème déterminant pour moi et la vie de l'Eglise ?

— C’est simple, répond le Polonais. Vous semblez oublier que l’Italie tout entière, et même l’ensemble de l’Europe, ne parlent désormais que de votre projet.

— Seulement, ajoute Novara, nous ne parvenons pas à saisir pourquoi vous désirez l’aide de deux scientifiques qui, du fait de leur métier, ont plus la tête dans les étoiles que dans les affaires de ce bas-monde.

— En premier lieu parce que, comme vous-mêmes l’avez admis, votre métier est de lire les étoiles, et vous êtes donc les plus proches de Dieu. Il y a, voyez-vous, un vieux dicton en Catalogne, d’où je suis originaire, qui dit ceci : “Si tu veux savoir comment agir dans un moment difficile, tu peux choisir de demander à un sorcier qui consulte les viscères d’une poule, ou à une devineresse qui écoutera les battements de tes tempes en te regardant au fond des yeux, mais le plus sage, crois-moi, est de demander à qui lit les étoiles.” Qui plus est, je sais que l’un de vous, probablement maître Novara, pour gagner sa vie, s’adonne aussi à l’astrologie, c’est-à-dire qu’il prédit le futur des hommes en dialoguant avec les astres. »

Les deux érudits répondent en chœur : « Fort bien, veuillez excuser notre curiosité. »

Le pape reprend : « Venons-en tout de suite à nous. Vu que vous êtes déjà au fait de la décision que j’ai annoncée lors du dernier consistoire, relative à la transformation totale de la structure de l’Eglise, je serais curieux d’entendre votre avis à ce sujet.

— Pour être sincères, répond Novara, nous avons

Maître Novara

eu toutes les peines du monde à nous procurer une copie de votre programme, et sa lecture nous a à la fois plongés dans la perplexité et interpellés.

— Je vous prie de parler sans réticence aucune et sans ambiguïté. Nous disposons de peu de temps et, malheureusement, en montant les fondations, nous avons enregistré maints grincements et même quelques écroulements partiels, mais significatifs et de mauvais augure.

— Votre Sainteté, cela n'est guère étonnant lorsque l'on essaie de mettre en place une transformation aussi imposante que celle dans laquelle vous vous engagez. »

Le jeune Polonais prend à son tour la parole : « Si vous me permettez, Très Saint-Père, je trouve votre projet pour le moins déséquilibré.

— Que voulez-vous dire ?

— En physique, ce terme s'emploie pour indiquer ce qui impose un paradoxe de l'équilibre, un mouvement de transformation totale, c'est-à-dire qui sort définitivement des canons de la normalité.

— Parfait, cette définition me plaît ! Mais quant au projet, le jugez-vous réalisable ou utopique ? »

Les lèvres de Novara s'étirent en un étrange sourire : « Très Saint-Père, répond-il avec témérité, vous allez devoir vous montrer patient et attendre que le soleil se couche et que la nuit tombe, car il est malaisé de lire les étoiles à la lumière du jour. »

Le pape ne parvient à retenir un rire amusé : « Ah !

ah ! ah ! Que vous êtes drôle, sur le coup, je n'avais pas compris.

— Fort bien, s'écrie le jeune Polonais, nous avons la chance d'avoir pour pape un homme d'esprit. Mettons nos craintes de côté, il ne nous dénoncera pas tout de suite au tribunal de l'Inquisition. »

Le pontife montre qu'il accepte l'ironie et la conversation se poursuit.

« Votre Sainteté, reprend Copernic, a parlé de grincements et d'opposition manifeste de la part de ses collaborateurs et conseillers qui, à l'évidence, sont opposés à une telle opération ou du moins doutent de la possibilité de la mener à bien, n'est-ce pas ?

— C'est exact.

— Donc, s'empresse d'intervenir maître Novara, vous vous êtes immédiatement rendu compte que vous ne possédiez pas toute la force de conviction pour contester ces critiques négatives et ces résistances.

— Oui, en quelque sorte.

— Et vous faites donc appel à nous afin que nous vous aidions à trouver les mots qui sauront convaincre.

— Vous avez tout compris, c'est exactement cela.

— Mais pour ce faire, conclut Copernic, il va falloir que vous nous fassiez savoir quelles oppositions vous avez du mal à surmonter…

— J'ai avant tout mis au cœur de notre programme, répond le pape en détachant chaque mot, une baisse des revenus et surtout des privilèges dont jouissent les évêques, les cardinaux et tous ceux qui gèrent les biens de l'Eglise. Et j'ai ordonné que personne ne tire plus profit de ce qui a pu faire la richesse de l'Eglise, notamment la charité.

— Arrêtons-nous un instant sur ces deux points, si vous le voulez bien, Votre Sainteté, l'interrompt le jeune savant, quitte à nous montrer triviaux. Qu'ont répondu vos opposants pour ce qui est de la baisse de leurs émoluments ?

— Ils s'y sont déclarés farouchement opposés. Ils m'ont d'abord rappelé que leur tâche est non seulement de recueillir les dîmes et les donations, mais encore de gérer les propriétés qui sont l'apanage de la curie : "Nous sommes les serviteurs de Dieu, nous ne pouvons quand même pas travailler nous-mêmes notre vigne !" Mais cela ne s'est pas arrêté là. Un autre cardinal, une personne modérée et réfléchie, a ajouté : "J'enfilerais de bon gré des vêtements usés et crasseux, je mangerais volontiers dans des écuelles en bois des aliments pauvres et mal accommodés, mais comment pourrais-je dès lors inviter à ma table des sommités du monde séculier ? Sans parler des princes étrangers. 'Prenez place, Majesté, puis-je vous offrir quelques haricots accompagnés de racines des champs et d'un œuf de caille ? Espérons qu'il soit encore frais !'"

— Il fallait s'y attendre ! s'écrie le jeune Polonais. Cela fait des siècles que les évêques sont habitués à ces privilèges. J'ai lu il y a peu une chronique sur le concile de Nicée, qui s'est tenu en l'an 325. J'ai alors compris où et pourquoi, de pauvre et persécutée, l'Eglise s'est transformée en sainte Eglise romaine au service de l'empire.

— Comme c'est étrange ! s'écrie Alexandre VI en riant. Je crois avoir consulté le même recueil de témoignages il y a tout juste un mois, et je vous avoue que cette lecture a été déterminante dans la rédaction de mon projet de réforme. Un des passages qui m'a le plus frappé a été la liste qu'un évêque de Rome faisait des martyrs chrétiens des trois siècles écoulés. Ce fut, disait-il, un véritable carnage : des pauvres christs dévorés dans les arènes, des prophètes crucifiés parfois la tête en bas, des femmes violées, des enfants précipités du haut des rochers. Et c'est alors qu'une voix s'est élevée : "Assez, nous ne pouvons continuer de la sorte. En refusant chaque fois la protection des puissants, nous ne manquerons pas de devenir la secte la plus respectée au monde, mais sous peu nous ferons tous partie des très purs parmi les défunts."

— Parfait ! l'applaudit Novara. Je constate, Votre Sainteté, que vous avez appris ce passage presque par cœur. Vous vous souviendrez aussi certainement de l'édit de Constantin, autant le vrai que le falsifié.

— Non, je n'ai pas lu cette autre partie avec assez d'attention.

— Dans ce cas, permettez que je vous rafraîchisse la mémoire, reprend Copernic. Constantin dit : "Les évêques qui votent en faveur d'une Eglise protégée réussissent à obtenir des privilèges extraordinaires. Mais surtout, ils gagnent le respect et la considération du pouvoir constitué, à un niveau jusqu'alors inimaginable. A la clôture du concile de Nicée, ils obtiennent pour la première fois des subsides de l'empire en plus du droit de prélever de l'argent, sous forme d'impôts, de terres fertiles baignées de rivières, ou de temples païens transformés en lieux de culte catholique, et pour finir, entendez-moi bien, leur est octroyé le droit d'utiliser des serfs et même, dans certains cas, des esclaves".

— On peut dire que le christianisme s'est grandement éloigné du message des apôtres et du Christ, mais que le Christ aussi, je le crains, s'est éloigné de nous.

— Grands Dieux ! s'exclame Copernic. Avec tout le respect qui vous est dû, est-ce bien le souverain pontife, Saint-Père de l'Eglise chrétienne, qui s'exprime en ces termes ?

— Je vous confesse, admet Novara à voix basse, que suite à des discussions que j'ai eues avec des princes de l'Eglise au cours de ces dernières années, je me suis profondément éloigné de la foi, mais en cet instant je vous assure que si je voyais renaître une communauté de chrétiens comme il me semble que vous avez à cœur d'édifier, je compterais parmi vos plus fervents partisans. » C'est alors que le Saint-Père se lève et, pour rassembler ses esprits, se met à arpenter son cabinet.

Soudain, il s'arrête et, le regard levé, il dit : « Savez-vous ce que je pense ? Qu'il est impossible de reconstruire un nouvel édifice en cherchant à restaurer un palais dont les fondations ne soutiennent plus la structure. L'aspect est encore imposant mais il est utopique d'en faire un édifice neuf.

— Et qu'est-ce que cela sous-entend ? s'étonne

Copernic. Que la seule chose raisonnable à faire serait de raser le palais et de recommencer du début ?

— Exactement. On parle de "la chute de l'empire romain", mais ce qui a été rebâti est de loin pire que ce qui existait auparavant. Et pourquoi ? Parce que tout a été reconstruit en partant des mêmes racines. Ainsi, quand on dit "du début", il faut y voir une *tabula rasa*.

— Certes, mais pour réussir une opération de cette envergure, il convient en premier lieu de changer autre chose encore, pontifie Novara.

— Quoi donc ?

— Les hommes. Si les bâtisseurs sont habités des mêmes pensées, habitudes, règles et comportements que ceux qui ont été évincés, ou si sont aux commandes les mêmes responsables qu'avant, grimés en innovateurs, on recommencera encore et toujours à faire du vieux.

— Et alors ?

— Alors, si nous ne sommes pas en état de tout abattre pour nous renouveler, l'unique solution est de rester tels que nous sommes. Une autre solution peut sembler extraordinaire mais n'est d'aucun secours. »

Naples est belle de jour sous le soleil le plus brûlant et
de nuit avec ou sans lune, mais Naples
est plus splendide encore quand on est amoureux.

Telles sont les paroles d'une chanson que le jeune Alphonse d'Aragon dédie à Lucrèce le jour où sa magnifique promise vient lui rendre visite. Le jeune homme, avec l'aide de César Borgia, avait réussi à convaincre son père, le roi Alphonse II de Naples, de consentir à cette union. Le fils du pape s'était aussitôt mis en peine quand Lucrèce lui avait confié être tombée éperdument amoureuse. Il s'était rendu en personne auprès du roi de Naples afin d'intercéder, en son nom et en celui de son père, en faveur des deux jeunes gens.

Entre-temps, Alexandre avait commencé avec calme et détachement à tisser les fils colorés de la tapisserie qui narrerait l'épopée de l'échec d'un projet de transformation de l'Eglise romaine. En prenant bien soin, dans sa chute, de retomber sur ses pieds et indemne.

En esquissant la trame de ses prochaines entrevues avec les cardinaux les plus importants du consistoire, il se demandait comment il avait pu imaginer une mutation aussi profonde quand les personnages qui auraient dû la mettre en œuvre étaient précisément les mêmes canailles rusées et hypocrites contre lesquelles la réforme était censée lutter. Les mains de ces hommes étaient trop profondément enfoncées dans les sacoches des gérants d'entreprises, qui avaient besoin du consentement de la curie pour mener leurs affaires. L'escroquerie et la duperie étaient devenues une seconde nature, et de nouvelles lois innovantes ne suffiraient pas à les transformer en quelque chose de positif. Désormais, le pape Rodrigue avait compris la leçon. Il était inutile d'insister pour faire émerger un château de sable construit sur une plage, dans l'attente qu'une marée l'emporte avec ses bâtisseurs. Il fallait au contraire agir avec une extrême prudence et, l'air de rien, en gardant à l'esprit qu'en politique gagne toujours celui qui remet à plus tard : cette tactique est en effet une des ressources fondamentales des programmes que l'on ne peut pas, ou plutôt, que l'on ne doit pas mettre en œuvre.

Le plus difficile pour Alexandre VI était de surmonter l'écueil de la soi-disant « morale », c'est-à-dire de modifier, au moins en apparence, son besoin licencieux de relations interdites. Du reste, comment demeurer plus longtemps éloigné d'une créature aussi aimable que Giulia ? Un vieux proverbe dit : « Si les hyènes sont sur tes talons, jette-leur en pâture le morceau le plus juteux, un agneau qui vient de naître. Tu verras que quand elles ouvriront grand la gueule pour déchiqueter leur proie, il n'est ni hyène ni chacal qui fera attention au reste. »

La grande réforme fut ainsi doucement engloutie dans les marécages de l'oubli. Un être doté d'une bonne mémoire demandait de temps à autre : « Quand sera-t-il à nouveau question de ce chambardement ? »

Et chacun de répondre, le pape comme ses cardinaux : « N'ayez crainte, nous ne l'avons pas oublié. Un peu de patience, nous le proposerons à nouveau bientôt. »

Bien sûr, mais cela ne trompe personne.

Querelles d'amoureux.

Lucrèce est à Rome. La scène s'ouvre tandis que résonne le martèlement du heurtoir en bas de l'escalier central. On entend la voix d'une servante crier : « Madame, c'est votre amoureux qui a frappé !

— Enfin ! Qu'attends-tu pour l'introduire ?

— Il est déjà entré, il monte les escaliers ! »

Alphonse apparaît, elle s'avance vers lui pour l'embrasser, mais il la repousse.

« Qu'est-ce qu'il te prend ? Pourquoi me repousses-tu ?

— Demande donc à ton frère, et aussi à ton père ! Vous êtes vraiment une belle bande de canailles !

— Des canailles ? Aurais-tu bu, ou m'offenses-tu seulement par espièglerie ?

— Tu es une lettrée, tu aimes les ballades et les *stambotti*[1], non ? Lis donc un peu ça ! » Et ce disant, il sort un pli de sous son pourpoint. « Je t'en prie, il t'est dédié, ou plutôt devrais-je dire qu'il nous est dédié. C'est des plus amusants. »

La jeune femme saisit les feuilles : « Qui a écrit cette chose ?

— Un certain Belhomme Quatrefesses, un plaisantin, naturellement ! Assez drôle, d'ailleurs.

— Voilà que tu prends l'accent de Naples maintenant. Serait-ce pour me mettre mal à l'aise ?

---

1. Un *stambotto* est une forme poétique populaire en vogue au XVIe siècle, composée d'une strophe de huit, six ou quatre vers et d'argument amoureux. (N. d. T.)

— Mal à l'aise, toi ? Qui a ce pouvoir ? Arrête tes histoires ! Ecoute plutôt ce qu'il dit. » Il lui arrache la liasse des mains et récite avec un fort accent et en mangeant les mots : « Comme tu es belle, Lucrèce, et douce, et tu as les yeux d'un ange, mais tu es une petite effrontée et tu joues l'amoureuse en compagnie de coquins. Tu as rendu fou d'amour ce pauvre garçon, moitié neveu d'un roi, et tu lui as fait croire que le hasard a présidé à votre rencontre alors que tout avait été planifié, bien qu'il n'en sût rien. Mais vous êtes tombés dans les bras l'un de l'autre, emportés par une folie amoureuse. Le grand frère César, roi des brigands, avait pourtant veillé à tout, et aussi le Saint-Père et le monarque de Naples. Ils ont dressé le contrat avant même que les deux tourtereaux se voient. Et ce pauvre idiot qui croyait qu'ils se rencontraient car ainsi en avait décidé la déesse du destin, qui n'est autre que celle de l'amour. Ah, quelle couillonnade ! »

Lucrèce éclate en sanglots et le garçon part d'un grand éclat de rire.

« Il ne manquait plus que ça se termine en larmes ! Tu pleures, tu pleures, mais en attendant tu me prends pour un imbécile !

— Assez ! hurle Lucrèce, et elle lui donne une claque. Je ne sais rien, tu m'entends ?

— Ah oui ? Ton frère César non plus ne sait rien ? Et ton père, et Adriana, ton intrigante de nourrice ? Laisse-moi te dire que j'ai manqué agresser mon père, qui a accueilli mon geste en me riant au nez. "Tu as enfin compris que l'on s'est joué de toi ! Mais quelle importance si tu croyais que tout était dû au hasard ? La fille est bien jolie, elle a des ducats à en faire tourner la tête aux banquiers, et toi tu y gagneras une dot de nabab. Et tu deviendras même le gendre du pape, et dans un futur proche ton fils pourrait être roi de Naples." Et toi, Lucrèce, tu seras reine ! Tu comprends la combine ?

— Non, je te dis que je ne sais rien ! Je te le jure ! »

Au même moment, la servante passe la tête par la porte et dit à mi-voix : « Madame, votre frère va arriver, il vient de descendre de cheval ! Que fait-on ?

— Parfait, conduis Alphonse à la mezzanine et emmène-le juste au-dessus, au niveau de l'œil-de-bœuf d'où l'on peut observer, et surtout écouter, sans être vu. Allez, accompagne-le ! »

Et tandis que la servante le fait monter par un escalier secondaire, Lucrèce lui lance : « Ecoute bien ce que César va répondre à mes paroles. »

Alphonse et la servante s'éclipsent. Lucrèce s'assoit à son métier à tisser, au centre de la pièce, et se met à déplacer le fil de trame.

« Oh, Lucrèce ! Comme je suis heureux de te trouver chez toi ! Mais qu'as-tu, tu ne me salues même pas ?

— Et pourquoi le devrais-je ? Pour la façon dont tu continues à user de moi, peut-être ?

— Je ne comprends pas où tu veux en venir.

— Ne savais-tu pas que dans certaines rues de Naples, des saltimbanques ont mis en chanson ma rencontre avec Alphonse, et qu'ils s'en amusent fort ?

— Mais que dis-tu ?

— Très bien, il est possible que tu n'en saches rien, je te donne donc la possibilité de t'instruire. Lis ceci. » Et elle jette à ses pieds les feuillets de la ballade. « C'est écrit en napolitain, tu le comprends, le napolitain ? Si tel n'est pas le cas, profites-en, apprends-le, si tu comptes vraiment devenir un jour roi de Naples… »

César lit et, après avoir parcouru une demi-page, il s'écrie : « Mais quelle est cette farce ?

— La nôtre, mon cher, une vraie bouffonnerie !

— Et de quoi te plains-tu ? N'as-tu pas toujours clamé avec indignation que nous te traitions comme un pion que nous déplacions en fonction de nos intérêts ? Et maintenant que nous faisons l'impossible pour que tu puisses choisir un garçon que tu aimes et dont tu rêves depuis toujours, tu trouves encore le moyen de nous faire des reproches comme si père et moi étions de vulgaires souteneurs.

— Oui, je te l'accorde, mes prétentions sont indignes ! Tu as raison, je suis une jeune femme insatiable. Vous avez fait l'impossible pour me réserver deux beaux jeunes hommes de la noblesse espagnole…

— Note bien, nous t'en avons proposé deux pour que tu en aies un de rechange au cas où le premier ne t'aurait pas convenu…

— Puis vous y réfléchissez à deux fois et décidez que ces deux fantoches ne sont pas dignes de moi et qu'ils sont bons à jeter au rebut. Vous prenez alors la peine de m'en trouver un meilleur, tant qu'à faire un jeune Sforza ! Mais que veux-tu ? Moi, je ne l'aime pas. Vous m'obligez toutefois à l'accepter, je m'adapte, je fais de mon mieux pour m'en accommoder avec grâce. Nous nous aimons pendant quatre années, le fait qu'il soit autant amoureux de moi me le rend supportable, mais mon père et toi décidez qu'il n'est pas assez bien, et vous nous faites signer à tous deux un document qui atteste que nous ne nous sommes jamais aimés comme mari et femme. Enfin, je trouve l'homme de ma vie, et qu'est-ce que je découvre ensuite ? Que vous avez tout manigancé et que notre rencontre n'avait rien de fortuit. En un mot, vous m'avez fait jouer la comédie, comme toujours, pour servir vos intérêts propres !

— Ah, tu m'agaces ! Je te prie de m'excuser je n'ai pas de temps à perdre avec tes jérémiades. On se verra quand tu te seras un peu calmée. Adieu !... »

César s'en va et, quelques instants plus tard, Alphonse entre et s'assoit à côté de sa promise. Après un long silence, il dit : « Je te demande pardon d'avoir eu à ton endroit ces mots blessants.

— Ne t'excuse pas, tu avais le droit d'être fâché. Les misérables... Ils ne peuvent pas s'empêcher d'utiliser les gens comme s'ils étaient des chaussures usagées.

— Et maintenant ? Quel comportement devons-nous adopter ? » Puis sans attendre la réponse, il ajoute : « Je ne peux plus vivre sans toi. Je suis amoureux.

— Moi aussi. Je t'adore. Tu accompagnes désormais chaque instant de ma vie, même quand tu n'es pas à mes côtés, quand je repose, quand je marche dans la rue, quand je mange. Je te nourris et tu me nourris.

— L'idée d'être ta nourriture et toi la mienne me plaît. Restons ensemble et protégeons-nous l'un l'autre.

— Il va néanmoins nous falloir être prudents car l'un a beau être mon frère et l'autre mon père, j'ai appris à me méfier d'eux à chaque instant. Il te suffit de considérer comme cet homme qui se fait appeler Saint-Père a joué bas durant le dernier consistoire. Je l'ai entendu de mes propres oreilles proposer aux évêques et aux cardinaux stupéfaits d'éradiquer toute la pourriture qui bouillonne dans les cuisines du Vatican. Il a même mis sur pied une commission de sages, tout ce qu'il y a d'intègres mais, en s'apercevant qu'il risquait de déclencher une véritable guerre impliquant chaque organe du pouvoir, il a aussitôt troqué sa peau de lion contre celle d'un étincelant caméléon. Du reste, l'art des métamorphoses est une prérogative de cette race. D'un même geste que son père, mon frère a enlevé sa chemise de soie pourpre et jeté sa coiffe de cardinal pour revêtir avec une rapidité inouïe l'armure, le heaume, les bottes et l'épée du prince guerrier.

— Et tout cela afin de mener à sa guise ses louches affaires… C'est sûr, jamais nous ne pourrons dormir tranquille. Pardonne ma brusquerie mais, tu es en fait née, je ne sais comment, dans une crapaudière pleine de créatures infâmes, et quiconque contrarie leurs projets peut se dire déjà mort.

— Tu as raison. En nous pliant à leurs termes, nous risquons d'être en permanence utilisés comme bon leur semble. »

Ils s'étreignent et se susurrent en chœur : « Espérons que cet amour ne finira jamais. »

Le jeu des échanges.

Le 1er octobre 1498, César Borgia se rend à Paris. Il ne connaît pas la ville, mais il a commencé à s'y attacher en apprenant le français, langue qu'il sait parler avec habileté et élégance comme nous nous en sommes rendu compte lors de son voyage à Naples, avec la suite du roi Charles VIII. Mais que va-t-il faire dans cette ville si éloignée de sa terre natale ? Demander la main de Charlotte d'Aragon – rien de moins ! – qui n'est autre que la cousine d'Alphonse, le mari de Lucrèce, et la fille de Frédéric Ier, roi de Naples. Mais son voyage n'est pas l'heureux épilogue d'une histoire d'amour, plutôt une manœuvre politique étudiée. En épousant une Aragon, César se retrouvera sur une des plus hautes marches des escaliers menant au royaume de Naples.

Toutefois, la rencontre ne se passe pas comme prévu. L'épouse convoitée s'emporte avec indignation contre les marieurs qui lui soumettent cette union. « Quoi ? Vous me proposez de finir dans le lit d'un tel personnage ? Un assassin patenté tout juste bon pour les lupanars les plus mal famés ? Auriez-vous oublié qu'il est le bâtard qui a pris ma cousine pour amante, en l'enlevant de force à son mari, qui n'est autre que son frère cadet ? Mais qu'avez-vous en tête ? On veut me donner en mariage à cet être infâme, qui me portera dans son lit et, le lendemain matin, après avoir joui de ma virginité, m'égorgera peut-être entre les draps tel le satrape assassin des *Mille et Une Nuits* ? »

Le refus est brutal et sans appel, mais César ne s'en offusque pas outre mesure. Comme on dit, les coups de théâtre sont comme le vent qui pousse les navires, le sirocco se fait mistral et il faut alors changer de cap. Et que fait un César qui, dans sa partie d'échecs, perd une reine ? Il en prend aussitôt une autre. La Napolitaine dit non, mais une jeune dame de la noblesse française est elle aussi disponible : une autre Charlotte, Charlotte d'Albret, sœur du roi de Navarre. Elle donne son consentement, son père aussi, longue vie aux mariés !

Ce coup de maître lui vaut la sympathie du roi de France, Louis XII, lequel en vérité use de cette faveur envers le fils préféré du pape pour obtenir le soutien de ce dernier à l'annulation de son mariage. Le monarque a épousé en justes noces et contre son gré Jeanne de Valois, une jeune femme à l'esprit dérangé. Seul le pape a le pouvoir de mettre un terme à cette union. Et le roi souhaite de plus avoir l'aval du Vatican pour la mise en œuvre d'un projet qu'il convoite ardemment : la conquête du royaume de Naples. En tête de son programme figure surtout la prise de Milan. César est nommé lieutenant, si bien que le jeune homme a enfin à sa disposition une armée, qu'il commande conjointement avec le monarque afin d'assaillir, outre Milan, quelques grandes villes de Romagne.

Milan capitule et les troupes descendent en Romagne.

Au bout de quelques mois, le 26 février 1500, César entre dans Rome en condottiere victorieux. Son père lui a préparé un accueil triomphal digne d'un empereur, et il le promeut en récompense gonfalonier de l'Eglise. C'est toutefois le peuple de Rome qui le fête avec le plus d'enthousiasme, en particulier les employés de l'administration publique, qui acclament son entreprise avec une frénésie fanatique. Les feudataires de Romagne étaient en effet un véritable fardeau pour le Saint-Siège. Séditieux et turbulents, ils refusaient depuis des années de s'acquitter des taxes dues au gouvernement de Rome, lequel était contraint de les répercuter sur les habitants de la Cité, en particulier sur les employés qui ne percevaient plus leur salaire depuis des mois. La victoire de César Borgia leur apportait la certitude qu'ils ne tarderaient pas à recevoir des arriérés consistants.

En accueillant César, le père « Saint » fut bien obligé de modérer sa joie et sa fierté d'avoir un enfant aussi fêté. Mais quand ils furent enfin seuls au palais, Rodrigue serra son fils dans ses bras avec une telle fougue qu'il manqua l'étouffer. Puis, tandis que les camériers servaient le déjeuner, dont les seuls convives furent le père et le fils, Alexandre VI s'écria en catalan : « Parle-moi de ton triomphe, raconte-moi tout !

— Laisse-moi reprendre un peu mon souffle, *pare*, je suis moi-même ému par cet accueil si chaleureux.

— Très bien, respire profondément et commence. A partir du début surtout, quand le roi a fait de toi son bras droit.

Et César entame son récit en poussant les plats afin de se ménager plus de place et de pouvoir gesticuler à sa guise en racontant son aventure : « Eh bien je te dirai tout de suite, *pare meu*, que la première expédition, la conquête de Milan, a été pour moi un banc d'essai. Cette ville, je la connais à la perfection depuis l'époque où tu m'y as envoyé pour préparer le mariage de notre Lucrèce avec Giovanni Sforza, ce félon pusillanime que nous avons ensuite, de bon droit, chassé d'un coup de balai. Ainsi, lorsque le roi Louis m'a demandé comment nous devions affronter Ludovic le More et ses troupes, prenant garde de ne pas faire de zèle, je lui ai répondu : "A mon avis, cela sera pour vous le siège le plus facile que vous puissiez espérer. — Grâce à quel avantage ? — Celui que le duc de Milan nous a lui-même donné. Car avec ses manières de chef insensé, il a réussi à perdre en peu de temps sa maigre réputation, au point qu'il n'est pas un seul de ses sujets qui ne désire se débarrasser de lui et de sa cour de sous-fifres." Et le roi, interloqué, demande : "Pourquoi ? Qu'est-ce que ce hâbleur a combiné ? — C'est simple, il n'a pensé qu'à ses propres intérêts. Il n'a même pas fait semblant de s'inquiéter de ceux de son peuple." Tout le contraire de ce que tu m'as enseigné, *meu pare* : qui s'occupe de ses intérêts tout en soignant ceux des autres retombe toujours sur ses pieds et se voit encensé par le peuple, à commencer par les va-nu-pieds. Ne parlons même pas de l'adoration que lui portent les grands patriciens.

— Oui, *Sèsar*. Mais prends garde à ce que ces grands

patriciens ne t'avalent la main : s'ils sentent que celui dont ils ont la faveur leur porte un peu de tendresse, ils le dépouillent, et le roi ne doit jamais se faire voir en culotte !

— Je suis d'accord, mais pour en revenir à ma conversation avec le roi de France, je lui ai rappelé que Ludovic le More avait fait de trop beaux serments : “Peuple de Milan, clamait-il, mes bien-aimés sujets ! Dès lors que vous m'aurez reconnu comme votre duc, je vous promets que je reconstruirai la ville, je vous libérerai des exploiteurs et des banques, qui désormais ne devront plus s'appeler de crédit mais d'usure, et surtout je remettrai en état les canaux et les fleuves et je ferai restaurer les égouts qui, comme Léonard de Vinci m'en a publiquement averti, grouillent de rats qui se faufilent partout, jusque dans les églises pendant les mariages.” Et j'ai alors conclu : “Il vous suffira, Majesté, de vous présenter devant l'enceinte de Porta Romana pour que les portes de la ville s'ouvrent devant vous et que s'avance toute la population en liesse.”

— Et comment le roi a-t-il réagi à ta prédiction ?

— Au début, il m'a paru sceptique, mais vu la tournure des événements, il lui a fallu admettre que son lieutenant avait vu juste. Et lorsque nous sommes entrés dans Milan, il n'a pas voulu que je quitte son côté et m'a tenu par le bras, comme toi quand tu te souviens que je suis ton fils. »

Le père fait mine de rire et ajoute : « Ne t'égare pas, nous en sommes au moment où vos troupes arrivent en Romagne. Raconte !

— Ce sera vite fait. Nous nous sommes dirigés vers les villes d'Imola et de Forlì, où notre armée a trouvé une résistance inattendue et a dû en plus essuyer une contre-attaque féroce de la part des troupes locales, emmenées par une femme, Caterina Sforza, au courage et au charisme extraordinaires. Imagine qu'elle a réussi à raviver chez ses sujets un orgueil digne d'une authentique race de guerriers. Et que de peines pour lui faire accepter de se rendre et la faire prisonnière ! »

Signes du désastre.

Nous sommes le 26 juin et l'été bat son plein. Alexandre VI reçoit d'en haut un signe de mauvais augure. Un des énormes lustres du salon se décroche soudain du plafond et s'écrase sur le fauteuil du souverain pontife[1] qui venait tout juste de se lever pour ramasser une petite pièce d'or qui lui avait échappé des mains. Effaré, le pape se rend compte qu'il est encore de ce monde, grâce à une monnaie. Et qu'il s'en est fallu de peu.

Mais ce n'était là que le premier avertissement. En effet, le lendemain (c'est une des rares journées où César est absent), Alexandre VI est sur le point de tenir audience dans la salle des papes quand, soudain, éclairs et coups de tonnerre déchirent le ciel. Un bref silence s'installe, puis se déchaîne une tempête digne

1. R. Gervaso, *op. cit.*

du Jugement dernier. On entend un fracas répété et les charpentes qui soutiennent le toit s'écroulent aussitôt. Des poutres et des piliers tombent les uns sur les autres. Deux cardinaux se jettent par une fenêtre pour sauver leur vie. Alexandre VI reste immobile, assis dans son fauteuil, sous le baldaquin qui s'écroule sur lui[1].

Le bruit du désastre fait le tour de la ville. De partout s'élèvent des cris désespérés qui répètent : « Il est mort ! Le pape est mort écrasé par le toit ! » Des hommes se mettent à l'ouvrage pour dégager le corps – car comment pourrait-il en être autrement ? Or, à leur grande surprise, ils trouvent le pape assis sur son trône, sous les arches brisées du baldaquin, inconscient mais sauf.

Le Saint-Père est allongé sur son lit. Seule sa fille se trouve à ses côtés. Il a donné ses ordres et ne veut recevoir d'aide de personne, si ce n'est de Lucrèce.

Le 15 juillet 1500, le Vatican semble plongé dans la quiétude. A l'entrée du quadriportique de Saint-Pierre, Alphonse d'Aragon monte les derniers degrés de l'escalier lorsque plusieurs silhouettes masquées se jettent sur lui, de longs poignards au poing. Le jeune homme parvient d'un bond à esquiver l'attaque, mais un coup l'atteint au bras. Il titube. Il est environ onze heures du soir, et les lanternes fixées sur la façade à arcades ne diffusent qu'une faible lumière. Un des voyous s'approche et le frappe à la nuque.

1. M. Johnson, *op. cit.*

Non loin de là, un homme assiste au guet-apens mais se garde bien d'intervenir ou de donner l'alarme. Il disparaît. Alphonse arrive à s'enfuir et se défend en portant plusieurs coups de pied au sicaire le plus proche, qui réussit néanmoins à lui infliger une blessure profonde à une jambe. Il s'écroule au sol. Les assassins voient s'approcher un détachement de gardes dont les cris convainquent les trois truands de prendre leurs jambes à leur cou. La patrouille rejoint l'escalier et aussitôt deux des hommes se penchent sur le malheureux qui respire encore. Ils se mettent à quatre pour le porter et ils l'emmènent jusqu'à l'entrée de la basilique où se trouve le corps de garde. Le capitaine reconnaît le jeune homme et s'écrie : « Seigneur, mais c'est le gendre du Saint-Père ! »

Les quatre gardes le transportent au pas de course jusque dans les appartements de Lucrèce Borgia, à l'intérieur du Vatican. La dame vient à la rencontre des sauveteurs. Lorsqu'elle prend conscience qu'il s'agit de son mari et qu'il perd du sang en abondance, elle tombe évanouie. Un médecin est mandé, qui recoud comme il peut les blessures de l'infortuné : « Par chance, les coups n'ont touché aucun organe vital. Il a malheureusement perdu énormément de sang, mais il est jeune, il est possible qu'il s'en sorte. Occupons-nous de dame Lucrèce, maintenant. »

Ils la font revenir à elle en lui faisant respirer des sels. Le médecin prend son pouls et déclare : « Elle n'a qu'une forte fièvre, sans nul doute due à sa frayeur. »

La lune noire se montre souvent deux fois.

Le lendemain, dès l'aube, deux gardes armés sont stationnés dans le couloir, devant la porte des appartements de Lucrèce. Le médecin sort de la chambre où repose le blessé. Lucrèce l'accompagne, un bébé dans les bras.

« Comment va-t-il ? Votre fils est splendide, on dirait un de ses *putti* peints autour de la Vierge de l'Assomption. »

Lucrèce, couvrant son enfant de baisers, ajoute : « C'est le seul de la famille à être encore en bonne santé.

— Quel âge a-t-il ?

— Il est né voici neuf mois.

— Toutes mes félicitations ! On lui donnerait au moins un an. Veuillez m'excuser si je me mêle de problèmes qui ne me regardent pas, mais nourrissez-vous quelque soupçon quant à l'identité des auteurs de cet attentat ?

— Deux soi-disant officiers de justice sont venus ce matin à la demande de mon père. Naturellement, une enquête a déjà été ouverte. De la matinée, je n'ai fait que répondre à leurs questions. Je me permets de vous faire part d'un jugement que je devrais garder pour moi : j'ai eu le sentiment qu'ils en savaient plus long sur ce massacre avorté que ce qu'ils prétendaient vouloir apprendre de moi.

— Peut-être n'en avez-vous pas souvenir, tant vous étiez bouleversée, mais je suis le médecin qui vous a secourue lorsque vous avez perdu votre premier enfant.

— Oh, vraiment, pardonnez-moi ! Malheureusement, en cet instant, je n'avais plus tous mes esprits.

— Oui, je m'en souviens… Vous aviez fait une fausse-couche à trois mois, suite à une chute dans l'escalier, il est normal que vous ayez été au désespoir. Mais peu après, j'ai appris avec bonheur que vous vous étiez remise à merveille, au point que vous m'avez annoncé votre joie d'être de nouveau enceinte.

— Mais celle-ci a été de courte durée, car mon mari a alors été contraint de fuir, ou plutôt convaincu de le faire par un des cardinaux de l'entourage de mon père.

— Je ne devrais pas insister, mais comme j'ai entendu sur cette affaire plusieurs versions contradictoires, pourriez-vous m'éclairer ?

— La vérité a toujours été entre les mains de mon frère. Le cardinal, dont je peux même vous donner le nom, Ascanio Sforza, est venu trouver Alphonse, mon époux, afin de l'avertir : "Vous courez un grave danger, mon jeune ami, un membre de votre famille par alliance a formé le dessein de vous éliminer brutalement. Ecoutez-moi, allez trouver refuge dans le lieu le plus protégé qu'il soit." Et Alphonse de répondre : "Je n'ai aucun lieu sûr où me cacher. — Dans ce cas, rendez-vous dans ma propriété de Genazzano, c'est une forteresse. Personne ne prendra le risque d'y pointer le bout de son nez, tant j'y ai de soldats à ma solde." Ainsi, du jour au lendemain, je me suis retrouvée seule et enceinte. J'ai pleuré pendant des jours. Fort heureusement, l'enfant n'en a pas souffert.

— Et vous n'avez pas revu votre époux tout le temps de votre grossesse ?

— C'est exact.

— Pardonnez mon insistance, mais pourquoi dans votre famille… Il paraît évident que votre frère avait l'intention de tuer votre mari après avoir fait tout son possible pour que vous l'épousiez, non ?

— Je sais que cela vous semblera atroce, mais les Borgia ont pour habitude d'avoir des alliances changeantes, même une fois que tout est mis en œuvre. Et le moyen le plus rapide pour s'adapter aux circonstances étant l'homicide, cette solution est de loin la plus usitée. Dans ce cas précis, mon mariage n'était pas la fin ultime de leur projet, il n'était qu'un maillon. Mon frère, toujours lui, avait des visées sur le royaume de Naples, qu'il se disait pouvoir annexer grâce à de justes noces. Au début de la partie, j'arrive avec mon mariage et pose la base de la conquête du royaume, puis César entre en scène avec l'intention de demander la main de la cousine de mon époux et ainsi de monter sur le trône de Parthénope. Mais comme chacun sait, Charlotte d'Aragon a éconduit le prétendant avec courroux.

— Ah, je comprends mieux ! Donc, la possibilité de s'approprier le royaume de Naples perdue, votre union avec le jeune d'Aragon n'a plus aucun intérêt.

— Exactement, vous avez tout compris. C'est pourquoi mon époux devient encombrant et bon à jeter. Dans une tombe, s'entend.

— La tombe… Voilà la raison de cet attentat, fort heureusement manqué.

— Oui, mais je crains, hélas, qu'ils ne fassent une nouvelle tentative.

— Comment cela serait-il possible ? Si je ne m'abuse, votre père, pardon, le Saint-Père, vous protège sans s'en cacher. Des hommes d'armes sont postés tout autour de vos appartements.

— Certes, mais cela ne suffit pas. Le pape a eu beau menacer de punir durement quiconque essaierait de recourir à la violence sous notre toit, connaissant César, il nous faut nous attendre au pire. »

En effet, le mois suivant, le frère de Lucrèce et quelques-uns de ses sbires font irruption dans la demeure où sa belle-sœur et elle prennent soin du jeune convalescent. Ils chassent brutalement les deux femmes et le capitaine Miguel de Corella, dit Michelotto, sicaire attitré de César, pénètre dans la chambre d'Alphonse et l'étrangle.

Commence alors la valse des masques, comme dans les impromptus du théâtre italien. Chacun y participe en récitant son rôle et son contraire. Le père se dit d'abord indigné, puis il ferme un œil et prêche la paix. Le fils assassin jure qu'il n'a commis aucun acte criminel et plaide la légitime défense car la victime s'était permis de le menacer, allant jusqu'à essayer de le transpercer d'une flèche d'arbalète. Mais le plus tragique, c'est qu'après cet acte abominable qui susciterait l'indignation des sujets de n'importe quelle nation, se dépose sur Rome, alors en plein Humanisme, un voile visqueux qui rend tout informe et sans poids : l'oubli.

Lucrèce s'en rend compte un jour qu'elle est invitée chez des amis d'habitude heureux de la recevoir en toute occasion. Désormais, elle a le sentiment de les importuner, surtout dès qu'elle fait allusion à la violence subie. Chacun cherche à éviter le sujet, mais la jeune veuve, blessée par cette esquive, explose souvent en gestes et paroles indignés, et elle se trouve bientôt contrainte d'admettre que personne ne tolère plus sa présence. Comme le disait Pierre l'Arétin : « Les pleurs désespérés ne sont admis que lorsque la veuve qui les verse est une maîtresse de maison dont le pouvoir profite à la vie des courtisans, voire lui est même déterminante. Mais si qui gouverne a perdu bonne partie de son pouvoir, ses plaintes deviennent d'insupportables pleurnicheries. »

Pour Lucrèce, Rome n'est plus qu'un insoutenable ramassis d'hypocrisie et de cynisme où le duc de Valentinois règne désormais en maître absolu, et elle n'y tient plus. C'est pourquoi elle accueille bien volontiers l'exhortation de son père à quitter Rome avec sa suite pour s'installer sur ses terres de Népi, où l'air et la compagnie ne manqueront pas de lui faire du bien. Au milieu de tant de marasme, le bébé grandit, alerte et de plus en plus lié à sa mère par une affection débordante.

N'allons pas croire que Lucrèce a été condamnée par son père et son frère à mener une existence isolée dans cette petite ville de conte de fées mais malheureusement à la taille des enfants. Alexandre VI se sent responsable d'avoir fait de sa fille la veuve mélancolique et désespérée d'un jeune homme qu'elle a aimé comme nul autre au monde, et il s'efforce de la faire sortir de sa torpeur. Il la chérit, il donnerait sa vie pour son bonheur. C'est là toute l'ambiguïté morale des tyrans qui, dans la conduite de leurs affaires, se montrent toujours impitoyables et criminels, mais qui, dans leurs rapports familiaux, souffrent et se désespèrent avec la passion d'un être profondément humain.

Le portrait sincère d'un peuple.

L'analyse de Marion Johnson, une chercheuse anglaise érudite et perspicace qui, avec la cruauté des Anglo-Saxons de talent, nous raconte la vie de notre pays à la Renaissance, nous apporte un autre éclairage sur l'événement que nous venons de décrire : « L'état dans lequel se trouvait l'Italie suscita bon nombre de critiques sévères qui perdurèrent tout au long du XVe siècle. Et pourtant, dans ce pays où les esprits atteignaient une vivacité inconnue du reste de l'Europe et où l'étude de l'Histoire avait dès le début été incorporée au domaine des sciences, les sages étaient tout à fait conscients que la faute venait de l'intérieur, qu'il fallait la chercher dans la vie et dans les êtres. » (Par « les êtres », il convient de comprendre « les sujets ».) « Ce qu'Alexandre VI et son fils César cherchaient à mettre en œuvre n'était que la conséquence logique des intérêts des hommes au pouvoir. Leurs fins et leurs moyens étaient admis car ils relevaient de la tradition de l'art politique italien et de son *vis et laisse vivre*. Pendant plusieurs siècles, les Etats indépendants d'Italie avaient constitué une arène permettant tout type d'expérimentation et dans laquelle tout homme doué, impitoyable et avide de succès pouvait s'imposer. En conséquence, les souverains italiens avaient montré une sagacité, un jugement, une versatilité et un goût pour l'art incomparables par rapport aux rois ou aux princes des mornes pays du nord ; mais cela allait de pair avec une ruse, une déloyauté, une cruauté et une immoralité inconcevables pour des personnes plus froides et conservatrices. »[1]

Règlements de comptes… Sans parler des privilèges.

Comme pour confirmer les dires de Marion Jonson, le pape Alexandre VI envoie à tous les grands feudataires de l'Eglise une missive leur signifiant que chacun d'eux est démis de la gestion de son fief. Mais pas seulement : il les excommunie en plus tous en masse, alléguant qu'ils ne se sont pas acquittés des impôts dus au Saint-Siège. César se retrouve alors « à déjeuner de beurre et d'anchois », comme on le disait en Romagne et, avec une facilité surprenante, il réussit en peu de temps à renverser le comte de Pesaro, les Malatesta, seigneurs

1. *Ibid.*

de Rimini, les Montefeltro d'Urbino, les Manfredi de Faenza et les Varano de Camerino. En somme, en un rien de temps, il conquiert toute la région, prenant possession des nombreux châteaux forts et forteresses. L'entreprise provoque la stupeur de toute la péninsule et d'une bonne partie de l'Europe. Suite à ce succès, Machiavel déclare avec flamme que pourrait voir le jour en Italie un Etat unique sur le modèle de ce qui se déroule en Romagne. D'où la dédicace de son traité de doctrine politique, *Le Prince*, à César.

Tous les chemins, même les plus impraticables,
mènent à Rome.

C'est justement sur ces entrefaites que le pape demande à sa fille de lui accorder une entrevue. Lucrèce, qui s'est réfugiée à Népi, lui fait savoir : « Je suis désolée mais je ne me sens pas la force de descendre à Rome et je ressens surtout un profond dégoût à l'idée de croiser par hasard, comme à chaque fois, mon frère, le duc de Valentinois, que tous surnomment désormais le massacreur. »

La réponse du pape ne se fait pas attendre, juste le temps qu'un messager avec deux chevaux de poste lui remette cette missive : « Lucrèce, bien que tu ne croies plus à mes paroles, laisse-moi t'assurer que je suis en train de faire l'impossible pour te prouver l'amour que je te porte. La réalisation de ce que j'appelle de mes vœux est une affaire compliquée et délicate qui nécessite ta participation directe pour être couronnée de succès. Nous ne pouvons en discourir par des lettres confiées à la vélocité des courriers. Viens me trouver au plus vite, je t'en prie. Pour ce qui est de ton frère, je te promets que tu ne le verras pas de tout le temps que tu seras sous mon toit. Du reste, il est trop occupé en Romagne pour pouvoir s'absenter de cette terre. »

Quelques jours plus tard, Lucrèce arrive à Rome. Elle ne s'installe pas dans la demeure où elle habitait avec son époux, mais est l'hôte de Giulia au palais Farnèse. Et elle refuse également de rencontrer le pape au Vatican. Trop de souvenirs douloureux l'empêchent de retourner en ces lieux. Le pape a alors une idée véritablement géniale. A cette époque, à Rome, sont mises au jour, l'une après l'autre, les fameuses *domus* édifiées par les plus grands empereurs romains. Alexandre VI, qui se rappelle l'émotion que les premières découvertes de la *Domus aurea* de Néron avaient provoquée en elle, invite Lucrèce à visiter en sa compagnie les derniers chantiers de fouilles, en interdisant bien entendu l'accès aux nombreux passionnés d'art. Ils seront seuls, et personne ne viendra les déranger. Lucrèce accepte. Ils se retrouvent devant une peinture de faunes et de nymphes dansants.

Il y a un banc qui tombe à propos, ils s'y assoient et, après s'être embrassés de façon un peu forcée, la conversation commence.

« Ma fille, il me faut d'abord admettre que notre famille a tiré de grands avantages des derniers événements.

Pour nous tous, sauf pour toi, Lucrèce. Comme par une absurde sentence du destin, toi seule as dû payer le prix de nos fourberies sans scrupule et souvent entachées de sang.

— Tu me parles enfin avec honnêteté, père. Tu as seulement omis de nommer l'auteur de ces actes monstrueux que moi seule ai dû subir.

— Non, pas toi seule, ma fille. Je m'avoue à mon tour coupable, bien sûr, et j'en ai souffert terriblement. J'ai même songé à rayer César de ma vie, puis je me suis dit, ainsi livré à soi-même, ce fils irréfléchi combinera quelque nouveau méfait toujours plus épouvantable, ce qui le mènera à une ruine totale dans laquelle nous serons tous ignominieusement entraînés.

— Certes. Et en attendant que le mouton noir blanchisse un peu, je demeurerai aux yeux du monde une charmante gourgandine qui consent à ce qu'on la débarrasse de ses époux qui l'adorent au seul prétexte que ces unions ne concordent plus avec les affaires de la famille.

— C'est exactement ici que se trouve le nœud de la situation, s'exclame le pape. Parce que je suis responsable de la diffamation de ma fille, je me dois de restaurer son honorabilité.

— Et comment comptes-tu t'y prendre ?

— Permets-moi de te faire une demande, Lucrèce : quelle ville d'Italie portes-tu le plus en estime ?

— Père, tu es vraiment le roi des fourbes. Tu me poses une question dont tu connais déjà la réponse. Nous y avons fait allusion par le passé. C'est un endroit où j'ai passé des moments inoubliables, cette ville s'appelle Ferrare.

— Bien, et pour quelle raison la préfères-tu aux autres cités ?

— Parce que les habitants y sont particulièrement affables et me semblent avoir un sens poussé de la communauté, sans oublier leur penchant pour l'allégresse et leur respect d'autrui.

— Je partage ton avis. Ajoute à cela que Ferrare possède des palais d'un style extraordinaire et qu'elle est baignée par le Pô, qui se ramifie pour l'enlacer tel un doux amant. Elle regorge de marchés où l'on se presse de l'Europe entière. Et elle possède une université, le Studio, où enseignent les plus grands savants, hommes de lettres et poètes.

— Je le sais. Et c'est peut-être aussi la première ville d'Italie où il est possible de voir de splendides pièces de théâtre. J'y ai assisté à des représentations en langue vulgaire d'une beauté incroyable. Mais serais-tu en train de m'inciter à partir m'y installer ?

— Oui, c'est exactement ça.

— Serais-je libre de choisir mes amis selon mon bon plaisir, ainsi que l'amant que je préfère ou, comme à l'accoutumée, m'as-tu déjà trouvé un époux ?

— Ça y est, tu m'as encore acculé comme un joueur de paume qui aurait triché. Quel idiot je fais ! Je me suis empêtré tout seul comme un vulgaire débutant. Mais avec qui pensais-je parler ? Ne sais-je pas que ma fille possède l'art de la dialectique mieux que son maître ? Et maintenant, que dire ?

— La vérité, rien de plus. Evite avec moi, je te prie,

ces circonvolutions pour ensuite penser me surprendre avec ta fourberie d'éternel vainqueur ! Je t'observais tandis que tu lançais tes filets, je regardais comme tu serrais les lacets de ce piège aux mailles étroites et je me demandais : "Quel projet a-t-il en tête, cette fois ? A qui veut-il m'offrir pour mener à bien ses manigances ?"

— Non, Lucrèce. Pour une fois tu te trompes ! Il n'est aucune manœuvre qui soit à mon avantage. Le premier intérêt en jeu est de te permettre d'être respectée et considérée avec toute la dignité qui t'est due. Et pour y parvenir, je suis disposé à jouer mon argent et ma crédibilité, et à faire appel à des personnages très importants pour que tu réussisses à te hisser là où plus personne ne pourra te manquer de respect.

— J'ai compris, je n'ai pas besoin de plus amples indices. Tu m'as brossé le portrait complet du personnage que tu souhaites me voir épouser. Il s'agit du fils du duc Hercule d'Este, Alphonse.

— Tu as deviné, nul autre que lui !

— Mais te rends-tu compte qu'Alphonse est aussi le prénom de l'homme que j'ai aimé plus que tout au monde et que mon frère a fait assassiner ?

— La coïncidence est effroyable, je l'admets. Mais que puis-je y faire ? Je t'en prie, j'ai toutes les peines à parler de cette histoire. Je sais que tu l'as déjà rencontré ici, à Rome, cet Alphonse d'Este, je ne sais pas à quelle occasion. Comment t'a-t-il semblé ?

Hercule d'Este

Alphonse d'Este

— Je ne l'ai pas observé avec attention mais, comme on dit, à amour donné on ne regarde pas la bouche.

— En vérité on le dit pour les chevaux.

— Tu as raison, et ce n'est pas moi qui aurai à le monter. Me reviendra le rôle de la jument.

— Quoi qu'il en soit, prends le temps d'y penser sereinement, veux-tu ? »

Presque au même instant, au Palais des Diamants de Ferrare, en passe d'être achevé, une tempête se prépare. Les larges fenêtres du premier étage sont précipitamment fermées les unes après les autres, signe que l'on veut éviter que des cris et paroles échangées haut et fort ne s'entendent de la rue et du palais d'en face où des noces sont célébrées.

Ceux qui sont sur le point de laisser éclater leur colère en vociférations braillardes sont le duc Hercule d'Este et son fils aîné Alphonse. C'est justement ce dernier qui ouvre les hostilités : « Mais je suis quoi pour toi, un crétin docile à emballer pour le vendre en cachette à la première donzelle venue ?

— Eh bien si nous commençons déjà à nous lancer des insultes, mieux vaut parler d'autre chose !

— Oui, c'est mieux, nous éviterons ainsi de nous tourner les sangs.

— Permets-moi toutefois de te rappeler que lorsqu'on parle de quelqu'un, il est opportun de savoir de qui il s'agit vraiment sans s'arrêter aux “on dit que” et “il me semble que”.

— Mais père, c'est justement ce que j'ai fait ! Je me

suis renseigné et j'ai chargé des personnes de confiance de mener une enquête et de me préparer le rapport que voici ! » Il sort des feuilles pliées d'un sac qu'il a posé sur la table. « Je crois pouvoir dire tout savoir de cette délicieuse Lucrèce, depuis sa naissance jusqu'à aujourd'hui. Pendant des années, le père a employé comme époux de sa mère un de ses larbins, qu'il dédommageait afin qu'il fasse office de père de substitution aux yeux de la fillette et de ses trois frères. Mais voilà que le faux père décède. Qu'à cela ne tienne, le cardinal Rodrigue leur en procure un autre pour remplacer le mort. Une doublure s'en va une autre prend sa place. Ce n'est que peu avant son élection au Saint-Siège qu'Alexandre VI, le père, dévoile à sa progéniture qu'il n'est pas l'oncle pour lequel il s'était fait passer des années durant mais leur véritable père. La fillette découvre alors que ce n'est pas avec le frère de sa mère qu'elle a entretenu une relation incestueuse, mais avec son père, chose bien plus digne et plus respectable !

— Mais nom d'un chien ! explose Hercule en tapant du poing sur la table. A quels souteneurs de bordel t'es-tu adressé ?

— Certes, l'histoire est trop obscène pour être acceptée par des messieurs en habit tels que nous ! Mais que trouves-tu à dire au fait qu'à treize ans, elle a été mariée à Giovanni Sforza, qui en avait vingt-quatre, soit mon âge aujourd'hui ! Et la pauvrette a dû attendre un an avant de consommer le mariage, nos lois ne permettant pas que l'on déflore une enfant avant ses quatorze ans ?

Mais le Saint-Père y réfléchit à nouveau et oblige le mari à reconnaître son impuissance et à lâcher l'os. Attention, après quatre années de rapports sexuels constants et parfaitement consentis ! Assez, pas de récriminations, on passe à un autre client ! Bientôt, cet autre non plus n'agrée plus ni au père ni au fils, sans parler du Saint-Esprit ! Il n'est agréable qu'à la demoiselle, qui l'adore. Et que faire d'un arbre imposant qui risque, en grandissant, de faire sauter le toit de tes affaires ? On le taille à la racine. Et elle se retrouve veuve, mais déjà prête à être offerte à qui ? *A moi !* Le couillon du village ! Enfin ! Cela faisait une éternité que j'attendais !

— Alphonse, s'il te plaît, veux-tu te calmer un instant et me répondre ? Tu m'as dit avoir déjà rencontré cette jeune fille mais ne pas lui avoir adressé la parole ; vous vous en êtes tenu à un salut de circonstance. Tu ne connais donc ni son langage ni son caractère, pas plus que tu ne sais si elle est cultivée ou fade et sans personnalité...

— Cela ne me sert à rien ! Si tu permets, il m'a suffi de connaître par le menu la liste de ses amants pour décider si elle est de celle que l'on épouse ou avec laquelle on passe une nuit de plaisir ! Et toi, père, avec l'aide de tes conseillers, tu as prévu que non seulement je devais coucher avec elle, mais qu'elle allait devenir la mère de mes enfants et de tes petits-enfants ! As-tu pris en compte les ricanements de nos sujets, des banquiers et des marchands, sans parler des capitaines, des cavaliers et des troupes de fantassins ?

— Bien sûr, et pourquoi n'ajoutes-tu pas aussi au

nombre de tes experts les menteurs, les bouffons et les clients de tavernes ? Vois-tu, à ta différence, j'ai pris la peine de la connaître d'un peu plus près, cette dame que tu traites en catin. Et je lui ai écrit, pour l'inviter à me rencontrer. Quelques jours plus tard, j'ai reçu d'elle une lettre, que j'ai cru être sa réponse, mais elle était partie une journée avant que je ne prenne la plume. Et que disait Lucrèce ? Qu'elle souhaitait me voir, si possible incognito, si bien que pour conserver le secret, je suis allé la trouver en personne à Népi, au fin fond de l'Ombrie. Et je me suis entretenu avec elle une journée entière.

— Que vous êtes-vous dit ?

— En vérité, je l'ai surtout écoutée, car elle a en grande partie fait les frais de la conversation. Elle a commencé en ces termes : “Excellence, je vous avouerais que ce projet de mariage ne parvient pas à m'engager pleinement car il est bancal. Et si vous me permettez, la partie boiteuse, c'est moi.”

— Qu'elle est douée ! ironise Alphonse d'Este avec sarcasme.

— Laisse-moi poursuivre. Lucrèce continue : “Je représente aux yeux de chacun un personnage tortueux, plein de zones obscures, mais qui pour moi sont les traces d'une douleur intense. J'ai plus d'une fois aspiré à cesser de vivre. Pour parler clairement, je suis entrée au couvent décidée à y rester à tout jamais. Mais j'ai ensuite découvert que ni la prière ni la pénitence ne suffisaient à me faire retrouver un équilibre. J'ai haï avec fureur tous les membres de ma famille. Puis un joyeux destin m'a amenée à faire la connaissance d'un jeune homme de dix-sept ans. J'avais un an de plus que lui. Nous nous sommes aimés comme dans une bulle de folie. Je crois que pareil enchantement n'arrive qu'une fois dans une vie et la nourrit à tout jamais." Elle a marqué une pause en attendant mes paroles, que j'ai prononcées avec peine : "Je suis surpris, Madame. En venant ici, je ne m'attendais pas à rencontrer un être doué de la sincérité et de la grandeur d'âme dont vous avez fait montre. Pour rester dans le climat que vous avez su instaurer, je vous dirai à mon tour que je suis entravé par les miens, ma famille, qui malheureusement prête une foi aveugle aux lieux communs et aux potins les plus frustres et les plus grossiers. Il est dès lors malaisé, avec une toile de fond de cette sorte, d'agir avec simplicité et courage, en faisant fi des coutumes. Toujours, les mêmes soupçons pèsent : 'Quel avantage en tires-tu ? Que vas-tu empocher ? Et comment comptes-tu te dérober aux manœuvres de l'autre partie qui cherchera par tous les moyens à t'escroquer pour s'approprier tout le butin ?' — Il m'arrive la même chose à chaque occasion sérieuse et déterminante. Ici aussi, tout comme vous, je porte sur les épaules ma besace pleine des ruses et des malhonnêtetés accumulées au fil du temps. Je pourrais vous en décrire quelques-unes. Et, sans flatterie aucune, dès lors que je me trouve devant un homme vraiment noble d'âme et cultivé, je ne peux que vous dévoiler certains des moments cachés de cette négociation. Tout d'abord le Saint-Père, qui est par pur hasard aussi le mien… de père, joue le tout pour le tout pour que, grâce à vous et à votre réputation d'homme apte à gérer une ville avec assez de sagesse pour en faire un chef-d'œuvre aux yeux du monde, grâce à vous donc, et au fait que vous m'acceptiez dans votre famille, je puisse apparaître comme une femme neuve. — Vous avez, chère Lucrèce, le pouvoir de m'émouvoir."

— Si tu continues ainsi, je vais bientôt éclater en sanglots et me rouler par terre ! dit Alphonse en faisant mine de s'essuyer les yeux du revers de sa manche.

— Alphonse, garde tes quolibets pour plus tard. Si tu as la patience de m'écouter, tu ne vas effectivement pas tarder à devoir sécher tes larmes. Et ravaler tes paroles. »

Le jeune d'Este se tait et son père reprend : « "Mais il reste quelques aspects que je tiens à vous dévoiler. Dans le jargon de la filouterie, on appelle cela du chantage. — Et quel serait-il ? — Tout d'abord vous inciter, cher duc, de gré ou de force, à accepter cette union risquée, si vous ne voulez pas vous trouver dans une situation délicate. — Qu'est-ce à dire ? — Par exemple, vous pourriez être surpris de découvrir soudain que l'accord qui vous garantit aujourd'hui la gouvernance du duché de Ferrare est irrévocablement suspendu. N'oubliez pas que tout dépend du pape qui, du jour au lendemain, sans crier gare, a le pouvoir de décider selon son bon vouloir de le résilier ou de le renouveler. — Oui. Je vis depuis toujours avec cette épée de Damoclès au-dessus de la tête. — En outre, si je ne m'abuse, vous aviez pris langue avec le roi de France pour marier votre fils Alphonse à la duchesse d'Angoulême, n'est-ce pas ? — Oui, bien sûr. Pour être tout à fait honnête, nous en discutons encore, les tractations sont d'ailleurs en bonne voie. — Je suis au regret de vous annoncer, mon bon seigneur, que vos pourparlers sont annulés. — Que me dites-vous là ? Qu'est-il arrivé ? — Quelque chose que je ne connais que trop bien, ces aléas ayant de tout temps ordonné ma vie : pour vous, les alliances ont changé il y a quelques jours. Le roi de France, Louis, a conclu avec l'Espagne un traité de partage du Royaume de Naples et il peut désormais descendre avec son armée pour en prendre possession. Et puisque la route qui mène de Paris à Naples passe nécessairement par Rome, le roi a besoin du consentement de mon père pour traverser les Etats pontificaux avec ses troupes. Le roi Louis ne peut donc plus se permettre de déplaire au pape, qui vous demande d'annuler votre projet de mariage avec la duchesse d'Angoulême et de m'accepter à la place comme votre bru." »

Le duc s'adresse alors à son fils, ébahi, et lui lance, plein d'ironie : « Voilà, tu peux désormais rire autant que tu le souhaites !

— Mais elle est en réalité venue te faire du chantage et t'avertir que tu es coincé de toutes parts et que tu n'as d'autre solution que de te plier à ce que le pape a à cœur de réaliser !

— Mais tu n'as vraiment rien compris ! Es-tu simplement distrait ou juste incapable de lire les faits ? Lucrèce m'a révélé un projet qui devait rester secret. Ce qui nous permet de contrer les exigences du pape avec un avantage sur lui. J'ai désormais le temps de me préparer et de trouver, si ce n'est une échappatoire, du moins la manière d'obtenir les garanties nécessaires pour que nous conservions nos droits sur le duché de Ferrare tout en maintenant de bonnes relations avec le roi de France et, pourquoi pas, aussi avec l'Eglise. Mais en faisant payer à notre souverain pontife ses désirs en argent sonnant et trébuchant ! »

La papesse à l'essai.

Alexandre VI, pour prouver le profond amour qu'il portait à Lucrèce, eut l'idée d'un véritable spectacle où le rôle qu'il lui attribuait lui redonnait tout son prestige. La mise en scène pouvait aussi tourner au désastre car le parterre qui le premier aurait à lui accorder ou à lui refuser son approbation était rempli d'évêques et de cardinaux, dont le mépris et les calomnies, bien connus à cette époque, avaient eu raison d'hommes illustres. Le pape, au prétexte de devoir se rendre dans le sud du Latium afin d'y résoudre, appuyé par une armée dont il avait pris le commandement, une épineuse affaire de propriété, avait décidé de s'éloigner de Rome pendant près d'un mois. Il lui fallait trouver une personne digne d'assurer la gouvernance du Vatican en son absence ; il avait pensé à Lucrèce. Une femme sur le trône de saint Pierre. Et qui plus est sa fille. On peut imaginer sans peine que, dans une ville telle que Rome, peuplée de Romains, aussi habitués fussent-ils à tout ce qui peut survenir en ce bas monde comme dans l'autre, une décision de ce genre ne pouvait que susciter la stupeur et une curiosité narquoise quant aux résultats.

Lucrèce pouvait décider de se présenter à la première séance du consistoire vêtue d'une robe modeste ou bien parée comme elle l'était pour sortir dans le monde. Elle choisit d'apparaître habillée d'une robe insolite, entièrement brodée d'or scintillant et ornée de-ci de-là de gemmes de grande valeur.

Elle salue les prélats abasourdis et sort quelques feuilles de papier d'une serviette : « C'est une lettre. » Abandonnant l'insolite cérémonial, Lucrèce, la *Vicariessa* comme on l'appelait, entre immédiatement dans le vif du sujet et, s'adressant au déploiement des cardinaux, elle commence à parler d'une voix forte et ferme : « Il y a plusieurs jours, en Lombardie, entre le lac Majeur et le lac de Côme, une femme connue dans toute la vallée du Pô a trouvé la mort. Elle n'était pas de noble lignage, au contraire, c'était une simple paysanne analphabète qui avait fui dans son jeune âge la maison de ses parents, située dans un bourg du nom de Cascina dei Poveri. Comme il arrive souvent dans bien des familles de tous les continents, le père violentait sa fille sans répit. Il la rouait de coups. Un jour, la pauvre enfant se retrouva avec un bras cassé et un œil tuméfié. Pour se faire soigner, la jeune fille se rendit à pied au Sacro Monte, un sommet situé dans la chaîne du Varese, qu'elle atteignit au bout d'une journée de marche. Là, en lisière d'une forêt, vivait un ermite connu aux alentours comme un prodigieux rebouteux. Arrivée à ce point de mon récit, je pense qu'il vaut mieux que je vous lise le reste de la lettre qui relate ce qui est arrivé à cette pauvre fille, dit-elle en agitant la missive. C'est l'abbesse du monastère du Sacro Monte qui parle : "Les mains de l'ermite accomplirent un miracle. La jeune fille, qui répondait au nom de Giuliana, avait décidé durant sa convalescence de rester auprès de lui pour lui tenir compagnie. Elle s'installa dans un monastère, depuis longtemps abandonné. A l'entrée, se trouvait encore la roue à offrandes, comme on en voit souvent au fronton des monastères. Cette roue, qui offrait de la nourriture, de l'eau et même des vêtements, ne cessait jamais de tourner.

« "Un matin, comme elle le faisait avec ponctualité, Giuliana s'apprêtait à y déposer des œufs, du lait et du pain tout juste sorti du four pour les pauvres affamés quand, ô surprise ! elle découvrit un enfant dans la corbeille des offrandes. Les nonnes le confièrent aux femmes du village afin qu'elles l'élèvent, mais celles-ci devaient déjà subvenir aux besoins de leurs propres rejetons. Comme on le sait, les femmes de cette vallée n'ont que deux tétons chacune. Ainsi la maison du Seigneur eut-elle un invité imprévu, mais choyé par près de vingt mères, car les femmes ayant fui les violences s'élevaient désormais à ce nombre, et les appels à l'aide ne cessaient d'augmenter. Chacun sait que la chose la plus aisée en ce bas-monde est de trouver des nécessiteux à secourir, et qui vient tourner la roue le fait toujours dans l'espoir d'y trouver un don qui lui permette de survivre. Les femmes de cette communauté, que les gens avaient surnommées les Nonnes du Bon Secours, durent apprendre l'agriculture et la confection des tissus pour coudre des couvertures et des habits, mais aussi les prières et les chants qui accompagnaient et rendaient moins pénibles le binage, la traite des animaux et les coups de rame qui les emmenaient pêcher dans les lacs et les rivières. La renommée des deux fondatrices de ce Bon Secours se propagea à travers toute la vallée et les montagnes alentour car elles prodiguaient aussi des soins aux invalides et aux malades. Mais bientôt, vu l'ampleur de la demande, une seule guérisseuse ne suffit plus. D'autres guérisseurs et rebouteux vinrent donc proposer leurs services. Il est bien connu que quand des gens simples et trop généreux parviennent à abattre les barrières de l'avidité, les *possessores* de tous les privilèges, certains grands prélats en tête, dressent l'oreille et soupçonnent d'hérésie quiconque produit cette solidarité. Par chance, les humbles gens ne furent pas les seuls à s'insurger contre cette campagne de persécution. S'y associèrent plusieurs évêques appuyés par des hommes sages et puissants. Le monastère fut reconnu par les autorités, à commencer par le pape Sixte IV, et réussit à prospérer davantage encore.

« "Il y a quelques jours, Giuliana, que tous appelaient déjà la 'femme bonne', a disparu. Je ne sais pas quelle place elle a trouvée au Ciel mais je voudrais que vous, saints hommes de la curie romaine, protégiez sa mémoire ici-bas et surtout que vous permettiez à la communauté de continuer à œuvrer pour le bien de ceux qui souffrent d'injustices et de violences." »

Sa lecture terminée, la papesse se lève : « Notre

réponse ne saurait souffrir aucun retard. Et je vous exhorte à concéder aux nonnes du Bon Secours une bulle spéciale qui les autorise à gérer leur monastère en toute autonomie et à étendre le champ d'intervention à l'intérieur duquel elles peuvent opérer sans limite ni véto d'aucune sorte. J'ouvre le vote. »

Le consensus fut unanime et l'issue fut même saluée par les applaudissements.

Les délégués de Ferrare, entre autres, étaient présents à cette séance du consistoire. Ils se dirent émerveillés de découvrir cette princesse temporaire de l'Eglise entourée de cardinaux fascinés suspendus à ses lèvres. Mais surtout, ils n'en revenaient pas : comment cette jeune femme, en lisant simplement la missive d'une communauté de femmes pieuses et dévouées aux nécessiteux, réussissait-elle à mettre en évidence les devoirs réels de ces hauts ministres de Dieu ? Se révélait ainsi clairement le dessein du pape Alexandre VI. Par cette habile manœuvre, il était parvenu à prouver que Lucrèce possédait, outre un charme peu commun, une capacité inégalable à supporter la charge d'une gouvernance aussi délicate.

Sa propre ambassadrice.

Tandis que Lucrèce se consacrait à son engagement, elle dut aussi participer aux discussions relatives aux clauses inhérentes à son contrat de mariage avec les représentants du duc de Ferrare. En vérité, ce fut encore une des grandes trouvailles du metteur en scène de la Maison Borgia, le père de la future mariée. Le fait qu'elle fût elle-même chargée de conduire les pourparlers ne faisait qu'accroître la valeur de l'autonomie dont la jeune dame pouvait se targuer. Le duc Hercule avait l'intention de tirer le maximum de profit de cette union, comme le lui avait suggéré la probable épouse. Bien que le pape eût la ferme intention de conclure ces négociations à son avantage, les requêtes du duc de Ferrare n'en étaient pas moins exorbitantes. La partie du beau-père réclamait deux cent mille ducats de dot, diverses places fortes, la concession de bénéfices pour les fils cadets du duc et, naturellement, l'annulation pleine et entière de l'onéreux cens annuel que les Estensi devaient verser au pape pour la gouvernance de la ville, fief du Vatican. Durant ces négociations, Lucrèce se préoccupa ouvertement non de ses intérêts propres, mais de la défense de ceux de son futur beau-père et de son époux, Alphonse d'Este.

Le pontife, qui n'intervint qu'à la fin des discussions, fut dès lors contraint d'accéder de mauvais gré aux exigences du duc de Ferrare. Mais, médisants comme nous le sommes, nous ne doutons pas que le pape Alexandre VI avait soigné la mise en scène, en se réservant tout au long de l'affaire le rôle du faiseur récalcitrant obligé de se plier aux désirs de sa fille et à son influence écrasante. Un rôle qui lui valut un succès incontestable.

Le 1er septembre 1501, au palais de Belfiore de Ferrare, furent célébrées les noces *ad verba*, en l'absence de la mariée qui veillait à Rome aux préparatifs du voyage qui l'aurait conduite vers sa nouvelle demeure ferraraise, enfin libérée de l'emprise de son père et de son innommable frère.

Les négociations stipulaient clairement qu'elle ne pouvait emmener Rodrigue, son fils âgé de deux ans seulement, qu'elle avait eu de son second mari Alphonse. Il est inutile que nous nous attardions sur la profonde douleur de la mère.

Le 6 janvier 1502, le cortège qui était venu chercher la mariée pour la conduire à Ferrare partit du Vatican. Il commençait alors à neiger. Bernardo Costabili, un des émissaires ferrarais, témoigne que « Sa Sainteté passait d'une fenêtre du palais à l'autre afin de suivre des yeux aussi longtemps que possible, avec mélancolie, le départ de sa fille bien-aimée ».

Les chevaliers et les dames à cheval se mettent en chemin. Lucrèce aussi est en selle, mais elle ne monte pas en amazone, comme il était d'usage pour les femmes à cette époque : elle chevauche comme les hommes. C'est pourquoi elle porte un pantalon à la turc très ample, comme les musulmanes lorsqu'elles se déplacent sur des poulains ou des chameaux.

La caravane de la mariée parcourt les milles qui mènent à Ferrare. Un nombre considérable de haltes, aussi bien de jour que de nuit, a été prévu afin d'atténuer les fatigues du voyage. Dans certaines villes, le cortège s'arrête jusqu'à trois jours. Quand ils arrivent à Foligno, ils sont accueillis par une sarabande d'hommes à cheval suivis de chars allégoriques sur lesquels sont juchées des jeunes filles parées d'habits et de masques évoquant des nymphes et des faunes, des divinités antiques telles qu'Apollon et Dionysos, les trois Grâces à moitié nues et Vulcain avec Vénus. Tous les personnages déclament des vers et chantent, accompagnés de musiciens. Il y a aussi des acrobates qui oscillent au bout de tiges lancées entre les palais situés de part et d'autre des avenues. Ils donnent l'impression de se laisser choir, mais ils se rattrapent avec adresse à des balançoires en mouvement sous les applaudissements de la foule. La mariée est élue la plus belle des dames, et un jeune homme en habit de Pâris lui remet le prix tant convoité : une pomme fondue dans l'or[1].

La caravane passe par les Apennins pour ensuite descendre en Romagne. En traversant le col, ils rencontrent de nouveau la neige, chose tout à fait normale à cette altitude. Heureusement, à Urbino, une halte est prévue au palais des Montefeltro, où les accueille Elizabeth de Gonzague. Lucrèce prend place, avec stupeur, à l'intérieur de l'énorme cheminée aux côtés d'une bonne cinquantaine de convives.

Fin janvier, le cortège arrive à Bologne et de là, la mariée se rend au château Bentivoglio. Ferrare n'est plus distante que de vingt milles.

A peine Lucrèce est-elle montée dans la chambre qu'on lui a préparée pour la nuit qu'un fracas se fait entendre à l'entrée du château. Donnant un coup d'éperon à sa monture, un cavalier s'est élancé sur le pont-levis à

1. F. Gregorovius, *op. cit.*

l'instant où on le relevait, au risque de dégringoler au fond des douves. Le fol écuyer masqué, comme le raconte la chronique, exécute dans la cour du palais, devant les appartements où loge son épouse, un véritable numéro de cirque équestre : il descend de son cheval lancé au galop, se retourne pour se pendre au cou de l'animal et ensuite remonter en selle avec une pirouette. Aux gardes qui lui demandent, menaçants, qui il est, il répond avec agacement : « Ne reconnaissez-vous donc pas la livrée et les insignes que je revêts ? Je suis un messager du duc de Ferrare, je suis porteur d'un courrier pour dame Lucrèce. Faites venir cette sublime dame à la fenêtre, je vous prie ! » Et sur ces mots, il fait cabrer son cheval et le contraint à avancer sur ses pattes de derrière.

Enfin, Lucrèce se penche à la fenêtre et crie : « Quelle missive m'apportez-vous avec un tel tumulte ? »

Le cavalier arrête son cheval, qui s'incline jusqu'à se mettre à genou devant elle : « Je suis la missive, c'est moi qui viens pour m'offrir tout entier à vous, madame ! »

Sur ces mots, il ôte son masque d'un geste ample et laisse tomber le pourpoint à rayures verticales qui indiquait sa qualité de messager ducal. Et à la stupeur de tous, voilà qu'apparaît Alphonse d'Este en personne. Lucrèce ne parvient pas à contenir son émotion. Elle crie à son époux : « Merci, Alphonse ! Vous me faites le plus beau présent qu'il m'ait été donné de recevoir, mon seigneur ! Montez me voir, je vous prie, même à cheval si vous préférez ! »

Comme ils sont seuls au salon, Lucrèce, avec une

profonde révérence qui lui fait presque effleurer le sol du genou, s'exclame : « Me permettez-vous, mon époux adoré, de vous serrer contre mon cœur et de vous accueillir comme les épouses sont normalement en droit de le faire ?

— Mais êtes-vous folle ? Savez-vous que la bienséance requiert de ne pas concéder de marques d'affection avant au moins une première nuit d'amour ? »

Après un instant d'effarement, Lucrèce éclate de rire, accompagnée de son époux. Alphonse l'attrape par la taille et la soulève en lui offrant enfin ses lèvres. Ils s'assoient à une table pour une collation. Le jeune homme réclame qu'elle soit copieuse car sa chevauchée et l'émotion de cette intimité avec Lucrèce l'ont mis en appétit. Soudain, la mariée change de sujet : « Il y a une chose que je voudrais que tu m'expliques.

— Dites-moi, madame.

— Je souhaiterais savoir ce qu'il t'est arrivé. Quelle est la raison de cette extraordinaire métamorphose ? Il y a quelques heures encore, j'étais persuadée que tu n'avais pour moi que mépris. Même ton père m'avait confié que tu étais horrifié à l'idée de prendre pour épouse une femme de mauvaise réputation telle que moi. J'ai l'impression de m'être soudain substituée, comme par enchantement, à la personne indigne que chacun t'avait dépeinte comme la fille du démon !

— Ne te leurre pas, je te prends toujours pour la fille de Lucifer, mais je me suis découvert une prédilection pour tout ce qui vient de l'enfer.

— Eh bien soit, tu veux rester dans le paradoxe et la chose m'amuse, mais vu que tu te défiles, je te la dirai, moi, la véritable raison de ce revirement : cela t'a impressionné que je prenne votre parti, à ton père et à toi, lors des tractations de mariage.

— C'est vrai, je l'avoue. Tout comme le fait que tu aies fait en sorte que le Vatican ne puisse soustraire aux Este la concession des terres de Ferrare pendant je ne sais combien d'années.

— Cela me touche de constater que ton amour pour moi est né d'une simple question d'intérêt économique.

— Non, car voir comment tu réussissais à te mouvoir et à traiter avec ceux qui t'entourent a achevé de me conquérir.

— Tu m'as donc vue ? Quand ça ?

— Il y a quelques semaines, le soir où tu célébrais notre union en dansant avec le pape ton père.

— Tu étais là ?

— Oui, comme à l'accoutumée dissimulé sous les traits d'un personnage insolite.

— Lequel ?

— Un cardinal. Je portais une paire de lunettes, un faux nez et une barbe, j'avais tout d'un parfait prélat. Tu ne pouvais pas me reconnaître. Je me suis approché de toi en feignant de discourir avec un de mes pairs et j'ai entendu tes paroles. J'ai découvert tes yeux, splendides, tes gestes harmonieux et même ton odeur enivrante. »

Ils parlent, plaisantent, et plus de deux heures

s'écoulent en un éclair[1]. Le soleil point à l'horizon et Alphonse doit repartir pour Ferrare.

« Pardonne-moi, mais je n'ai dit à personne que je viendrais à ta rencontre et j'ai même oublié de prévenir les domestiques et les gardes du palais. A l'heure qu'il est, ils sont sûrement en train de s'inquiéter.

— Je comprends, je t'accompagne jusqu'à ton cheval. De toute façon, nous nous voyons demain. »

En descendant l'escalier, elle lui prend la main et lui dit : « Tu n'as pas idée de l'immense joie que ta surprise m'a procurée ! Je suis si heureuse que j'aurai certainement peine à trouver le sommeil cette nuit. »

La leçon des Italiens.

Nous sommes à Ferrare. Cette période fascine et surprend, car les plus illustres personnages de l'Histoire, de la science et de l'art universel, attachés aux grandes cours italiennes et européennes, ont tous une activité créatrice florissante. Raphaël, Hercule d'Este, l'Arioste, Léonard, Bembo, Lucrèce, Copernic, Michel-Ange, pour n'en citer que quelques-uns, exercent tous leurs talents durant l'Humanisme et la Renaissance. Ils se connaissent souvent, s'aiment ou se détestent, et l'union de leurs personnalités et de leurs énergies créatrices a donné naissance à un moment unique, et peut-être le plus fécond, de la culture italienne.

1. *Ibid.*

Dans ce contexte, Ferrare offre un cadre pour le moins stupéfiant. Gouvernée par une des dynasties les plus éclairées d'Italie, la ville, justement au cours de ces années-là, allait être entièrement restructurée. En effet, le duc Hercule s'appliquait à mettre en œuvre un projet qui rapprocherait Ferrare de la ville idéale, rêve alors caressé par tous les mécènes d'Europe. Il s'agissait ni plus ni moins de doubler les dimensions de la cité en y ajoutant une ville supplémentaire, conçue, selon les principes typiquement Renaissance de rationalité et d'équilibre, par Biagio Rossetti, peut-être le plus grand urbaniste de l'époque. Pour Lucrèce, qui avait visité Ferrare presque incognito des années auparavant avec son époux Giovanni Sforza, la ville était méconnaissable. Chaque habitation, chaque campanile, chaque palais qui sortait de terre était le fruit d'un projet strictement architectural. Rien n'était laissé au hasard.

Le lendemain, lorsque Lucrèce se réveille au château des Bentivoglio, une agréable surprise l'attend. Elle ne va finalement pas se rendre dans le fief des Este à cheval mais sur un *bragozzo*[1] fluvial qui descendra le canal reliant Bologne au Pô. Elle va enfin pouvoir éviter la fatigue, les secousses du voyage, et profiter à loisir d'un splendide paysage, tout entier recouvert de neige. Le reflet de la lune sur ce manteau candide donnait à la couleur azur de ses yeux une intensité envoûtante.

Son mari s'en rendit compte avec stupeur quand,

1. Bateau de pêche caractéristique de l'Adriatique. (N. d. T.)

après son entrée triomphale dans la ville, il parvint à rester enfin seul avec son épouse. Ils arrivèrent au château et pénétrèrent dans l'immense quadriportique orné d'une enfilade de colonnes monumentales : « Seigneur, dans tes yeux scintillent de ces éclats de lumière ! s'écria Alphonse. D'où tiens-tu cet enchantement ?

— Oh, c'est une vieille ruse que nous autres sorcières recevons à la naissance. Vous avez bien fait de ne pas enlever toute la chaux des murs de la cour, je peux ainsi prolonger mes effets ! »

Quelques faquins précédaient les époux, le dos chargé des sacs et des malles de la nouvelle locataire. Afin de les laisser absolument tranquilles, le duc avait évacué l'étage qui lui était d'ordinaire dévolu. Une fois devant la porte qui s'ouvrait sur la vaste chambre à coucher, la dame ne put retenir une exclamation émerveillée. Au centre de la pièce s'élevait une énorme construction en bois peint et ornée de figures en émail. Alphonse adressa un ample signe aux quatre domestiques qui tirèrent d'un même geste quelques cordes : les côtés s'ouvrirent, révélant un lit décoré de voiles qui, à leur tour, disparurent tels des décors de théâtre.

Lucrèce s'écria : « Et c'est moi que vous accusez de magie ! C'est une merveille ! Et pourrons-nous dormir dans cette arche de Noé ?

— Vous avez raison, on dirait vraiment l'arche de Noé ! Il ne manque que le vaisseau. Et en tirant à nouveau sur ces cordons, tout se refermera sur nous pour former le plus parfait des nids d'amour. »

*C'est du dehors que l'on peut deviner le dedans,
et cela vaut autant pour les hommes
que pour les palais.*

Depuis lors, les jeunes mariés passèrent toutes leurs nuits ensemble, à la grande satisfaction du pape et surtout de la Maison d'Este qui attendait anxieusement la naissance d'un héritier. Mais pour autant que la vie avec son nouvel époux ait pu la remplir de joie, Lucrèce avait le désir d'explorer ce territoire qu'elle avait effleuré avec ravissement à l'époque où elle s'était retranchée dans le monastère en reconstruction. Elle demanda donc à son beau-père la permission de visiter les célèbres résidences de campagne des Estensi, communément appelées « les délices ». Le duc Hercule se montrait d'une courtoisie inimaginable à son égard. Quelques personnes proches de la Cour soutenaient que sa jeune bru lui avait fait perdre la tête, au point qu'il avait déclaré publiquement que si son fils Alphonse avait refusé de prendre la jeune Lucrèce pour femme, lui l'aurait très volontiers épousée. Une fois qu'elle eut reçu la permission d'Hercule et que fut assemblée la compagnie d'artistes et d'historiens qui lui servirait de guides, la dame, pendant plusieurs journées, passa d'un palais à l'autre, visitant les châteaux à pic sur la mer et les îles à l'embouchure du Pô.

Alphonse, qui n'arrivait plus à se passer de sa fascinante épouse, supportait mal ces absences continuelles. Un jour, il n'y tint plus et sauta en selle à l'aube pour aller la retrouver dans la résidence de Belriguardo. Comme il arrive au relai de poste pour faire ferrer un sabot de son cheval qui s'est détaché, le maréchal-ferrant s'avance aussitôt pour le saluer : « Bienvenu dans ma forge, Excellence ! Comment se porte votre belle épouse ? S'est-elle remise ?

— Pourquoi me faites-vous cette question ?

— Seigneur, c'est qu'elle est passée ici pas plus tard qu'avant-hier, allongée sur un char après une mauvaise chute.

— Une chute de cheval ?! Quand cela ? Où ?

— A deux milles d'ici à peine, ne le saviez-vous pas ? De toute façon, ce n'était rien de grave. Comme vous le savez sûrement, nous autres maréchaux-ferrants avons une certaine familiarité avec les os et un coup d'œil m'a suffi pour pouvoir vous affirmer qu'elle n'a rien de cassé.

— Où puis-je trouver une auberge ou une taverne dans les environs ?

— Nul besoin d'aller très loin, vous avez juste derrière celle que tient ma sœur. C'est elle qui l'a soignée.

— Et a-t-elle de l'huile de lin ou quelque autre baume pour les massages ?

— Bien sûr, je vous montre le chemin si vous le souhaitez. »

Au bout d'une heure, ils arrivent au château où Lucrèce gît, infirme. Il ouvre la porte de sa chambre, plongée dans la pénombre, et la trouve profondément endormie. Alphonse s'approche sans bruit et se penche au-dessus d'elle pour l'embrasser. Lucrèce se réveille avec un gémissement et, reconnaissant son époux, elle murmure tristement : « Mon amour, pardonne-moi, mais je ne peux même pas t'effleurer des lèvres.

— Ne me dis pas que tu t'es aussi cogné la tête !

— Si, je ne suis que contusions, malheureusement, à commencer par mon nez, sans parler de ma bouche qui a enflé. N'entends-tu pas comme j'ai peine à articuler ? Qui t'a dit que j'étais tombée ?

— Le frère de la femme qui t'a soignée.

— Le maréchal-ferrant ?

— Oui, il a même ajouté que tu n'avais probablement rien de grave.

— C'est possible, mais j'ai tout le corps meurtri et je souffre rien qu'à respirer et à fermer les yeux. »

L'amoureux baisse la tête et reste silencieux.

Enfin, il dit : « Malheureusement, il n'y a pas dans toute la région un seul médecin capable de te soigner. Veux-tu que je t'aide à ôter ton corsage ? Si tu me fais confiance, je pense pouvoir faire quelque chose pour toi. »

Lucrèce, effrayée, a un mouvement de recul : « Je t'en supplie, Alphonse, cela va me faire trop mal si tu me touches !

— C'est pourtant le seul moyen de soulager tes douleurs. A la Cour, et même en dehors, on m'admire pour mon imprudence et mon inconscience de cavalier. Je me suis cassé quelques os plus que de raison dans des culbutes incroyables, et j'ai ainsi appris à mes dépens à me soigner et même à guérir les estropiés. J'ai avec moi de l'huile de lin et d'autres onguents. Je t'en prie, aie confiance en moi, je ne te ferai aucun mal. »

Ainsi Lucrèce s'en remet à ses mains. Il lui retire son chemisier et, avec une délicatesse infinie, étale de l'huile sur son corps, en commençant par les épaules. Elle étouffe ses gémissements mais l'implore de temps à autre : « Plus doucement, je t'en prie ! Ahhh ! Je n'y tiens pas !

— Encore un petit effort, essaye de te mettre sur le ventre. »

Elle gémit et quelques cris lui échappent, mais ses plaintes s'estompent et elle respire plus tranquillement. De temps en temps, elle souffre trop, et Alphonse lui susurre alors : « Si tu veux, j'arrête…

— Non, je t'en prie, je sens que cela me fait du bien, j'éprouve même un certain plaisir, continue. La douleur est de moins en moins forte. Je t'aime. Mets-moi encore de l'huile… Oui, ici aussi… Seigneur, quelle merveille de me faire caresser par toi ! J'ai l'impression d'avoir quitté l'enfer pour entrer au purgatoire. Ne t'arrête pas, je sens que s'ouvriront sous peu les portes du paradis. »

Les tempêtes du fantastique.

Lucrèce avait une passion irrépressible pour la poésie, les récits fantastiques et surtout la peinture. Elle aimait en particulier les histoires mettant en scène le naturel qui se transformait en absurde. C'était l'époque où arrivaient des Flandres des peintures sur toile dans lesquelles Bosch représentait des moments tragiques – par exemple l'incendie d'un village avec des hommes et des femmes terrorisés qui, nus pour la plupart, fuient les flammes – contrebalancés par des compositions joyeuses, telles qu'un jardin des délices, une sorte d'Eden regorgeant de scènes érotiques fabuleuses.

A Ferrare, les murs du palais Schifanoia étaient ornés d'histoires au sujet très similaire. On voyait défiler des chars allégoriques dédiés aux saisons, sur l'un d'eux trônait Vénus, entourée de divinités, tandis qu'autour se pourchassaient des lapins blancs mâles et femelles, avides de relations sexuelles frénétiques. Les garçons et les filles aux vêtements élégants ne s'agitaient pas moins et se provoquaient mutuellement par des embrassades et des baisers furtifs. Certains garçons appelaient une fornication plus outrée et glissaient les mains sous les jupons des filles. Soudain, le mur se retrouve envahi par des enfants. Certains viennent tout juste de voir le jour, ils rient et pleurent, marchent à quatre pattes et courent, en somme c'est l'apothéose du printemps. Et c'est justement devant cette fresque débordante de joie et de vie que Lucrèce est prise de violentes bouffées de chaleur et que la tête lui tourne au point qu'elle tombe évanouie. Elle est fort heureusement secourue par une de ses dames d'honneur, lesquelles s'exclament en chœur : « Quelle joie ! Notre maîtresse est enceinte ! »

Le soir, une grande fête se tient chez les Este. L'héritier du trône va enfin naître. Le duc Hercule est sans aucun doute le plus heureux des hommes. Mais Alphonse ne l'est pas moins, qui reçoit les félicitations de la Cour et de ses amis. Un plaisantin ne manque pas de faire des allusions obscènes qui font rire aux éclats les invités les plus rustres. Lucrèce enlace son époux et lui murmure : « Je voudrais célébrer cet événement en revenant à notre première nuit », et Alphonse lui répond avec tendresse : « Tu ne me croiras pas, mais je voulais te demander le même cadeau. »

Et ils s'écrient d'une même voix : « L'arche de Noé ! »

Tout le monde se retourne avec stupeur vers les deux amoureux.

Ne prête jamais de canons
à qui peut les retourner contre toi.

Le fil de ces événements nous a fait négliger le duc de Valentinois. Aurait-il calmé ses velléités belliqueuses ? Quelle idée ! Le jour où Lucrèce célèbre son quatrième mois de grossesse, une nouvelle pour le moins bouleversante arrive à Ferrare. César, qui poursuit sa conquête systématique de la Romagne et des environs, a réussi à convaincre Guidobaldo da Montefeltro de lui remettre les pièces d'artillerie dont est dotée l'armée d'Urbino ; le jeune Borgia entend ainsi attaquer la ville de Camerino. Guidobaldo, d'abord réticent, finit par accepter, dans l'espoir d'obtenir la faveur du pape. Mais, le 20 juin 1502, César retourne ces armes contre Urbino, et le malheureux Guidobaldo a tout juste le temps de prendre la fuite. Dans une lettre qu'il adresse au cardinal Giuliano della Rovere, il déclare, interdit : « Je n'ai sauvé que ma vie, mon pourpoint et ma chemise.

Une telle ingratitude et une telle trahison ne se sont jamais vues. »[1]

Lucrèce est au désespoir : « Quelle honte ! Trahir de façon si éhontée un ami qui lui offre ses meilleures armes pour ensuite les retourner contre lui ! Quelle justification peut-on attendre d'un brigand pareil ? »

Guidobaldo da Montefeltro

Mais les infamies du Valentinois ne s'arrêtent pas là. Quelques jours plus tard, on repêche dans le Tibre le

1. Geneviève Chastenet, *Lucrèce Borgia*, Lattès, Paris, 1993.

corps sans vie d'Astorre Manfredi, seigneur de Faenza, emprisonné au château Saint-Ange par César après la prise de la ville. Tous les soupçons se portent immédiatement sur le fils du pape.

Cette avalanche d'atrocités, associée à la chaleur humide qui sévit sur la campagne autour de Ferrare, affaiblit dangereusement la santé de Lucrèce. Elle s'installe donc en ville, au palais de Belfiore, où le climat est plus salubre, mais le malheur l'y rejoint. Mi-juillet, se déclare une désastreuse épidémie de fièvre, et Lucrèce tombe malade. Alors que l'on commence à craindre pour sa vie, elle reçoit la visite inattendue de son terrible frère.

Ce soir-là, derrière la porte de sa chambre, on entend Lucrèce lancer à César des insultes féroces dans la langue de Valence. Personne ne sait ce qu'ils se sont dit, mais que cette visite lui ait donné le coup de grâce est une certitude. La nuit du 5 septembre, dans des souffrances atroces qui lui font fuir son lit, Lucrèce donne naissance à une enfant mort-née.

La consternation d'Hercule et de la ville entière, qui préparait déjà les réjouissances, est immense. Quant à Alphonse, il perd la raison. Un soir, alors que Lucrèce gît entre ses draps, exténuée par les souffrances endurées, le fils du duc pousse sa porte et, sans un mot, s'assoit à son chevet, le regard tourné vers la fenêtre. Lucrèce, abrutie par la fièvre et à peine consciente, lui demande dans un souffle : « S'il te plaît, veux-tu bien changer la compresse mouillée sur mon front, je suis en feu, je n'y tiens plus. »

Alphonse, sans un mot, tend un bras, saisit un linge, le jette dans une bassine remplie d'eau et le laisse retomber avec indifférence sur le front de Lucrèce, si bien que l'eau froide coule le long de son cou et de ses épaules.

Elle se secoue et grommelle : « Mais que fais-tu ? Qu'est-ce qu'il te prend ? »

Alphonse se rassoit sans proférer la moindre parole.

Elle insiste : « Mais enfin qu'as-tu ? Tu ne veux pas me répondre ? Pourquoi me traites-tu de la sorte ? »

Alphonse se tourne vers elle et lui dit sèchement : « Je n'ai rien.

— Comment ça, rien ? réplique-t-elle d'un ton vexé. Pourquoi te montres-tu aussi grossier envers moi ? »

Alphonse lui lance un regard et coupe court : « Je viens de te dire que je n'ai rien. Laisse-moi tranquille. »

Dans un mouvement de colère, elle fait un effort pour se redresser : « Je vais te le dire, moi, ce que tu as. Tu me détestes parce que je n'ai pas encore réussi à te donner un fils. Qu'est-ce que tu crois, je le sais très bien que tu crains d'être chassé du trône par tes frères si tu te retrouves sans héritier à la mort de ton père ! C'est la seule chose qui t'intéresse ! »

Alphonse se lève alors d'un bond et hurle : « Ce n'est pas vrai ! Comment peux-tu penser une chose pareille ? Et tu es bien la dernière à être en droit de faire des reproches aux autres !

— Qu'entends-tu par là ?

— Mieux vaut pour toi que je me taise, je t'assure !
— Non, je veux au contraire que tu parles !
— Laisse-moi tranquille, Lucrèce !
— Parle, enfin, une bonne fois pour toutes.
— Très bien, tu l'auras voulu. » Alphonse se plante devant elle et, dans un éclat de rire amer, lui crie : « Je l'avais bien dit à mon père qu'on ne pouvait trouver pire femme que toi, mais il était déjà tombé dans tes filets, et je m'y suis pris moi aussi. Quel imbécile ! J'ai même éprouvé de la compassion pour toi, je me disais : "Pauvre Lucrèce, elle est depuis toujours un pion dans les mains de son père, elle a subi toutes les humiliations possibles, et en plus les mauvaises langues racontent qu'elle est un monstre, une empoisonneuse, une prostituée". Mais tout était vrai ! Tout ! »

Lucrèce l'interrompt, effarée : « Tu es devenu fou ! Que dis-tu, Alphonse ?
— Je ne te dirai qu'un seul nom : Pedro Calderòn, ou Perotto si tu préfères. Je suis certain que tu l'appelais ainsi au lit ! »

Lucrèce pose sur lui deux yeux ronds, ouvre la bouche pour parler mais aucun mot n'en sort.

Alphonse poursuit : « C'est ton tour, maintenant, tu n'as rien à dire ? Ou aurais-tu un trou de mémoire ? Il est vrai qu'à raison d'un nouveau galant par jour il doit être difficile de tous se les rappeler. Mais ne t'inquiète pas, je vais te rafraîchir la mémoire. » Et avec un sourire à la fois sarcastique et désespéré, il reprend : « Pourtant c'est étrange, seules quatre années ont passé ! Quelle fin terrible ! Un serviteur des Borgia aussi dévoué que lui, autant dire un intime de la famille, retrouvé mort dans le Tibre ! Dieu seul sait quel crime il a dû commettre pour mériter pareil châtiment ! »

Lucrèce lui pose une main sur la bouche pour le faire taire : « Je t'en prie, je t'en supplie, ne dis plus rien, je te jure que... », mais Alphonse la renverse sur le lit et continue : « Ah sûrement pas ! Tu as voulu que je parle, non ? Alors maintenant tu vas m'écouter et voyons ce que tu auras le courage de rétorquer ! Dans le fond, je te comprends, on venait tout juste de te contraindre de te séparer de ton premier mari, tu méritais bien une petite satisfaction ! Mais vous auriez pu être plus prudents ! Il n'y a rien de mal à prendre un peu de bon temps avec un domestique, mais l'affaire se complique quand la dame tombe enceinte...Une autre fidèle domestique vous est venue en aide. Comment s'appelait-elle, déjà ? Ah oui, Penthésilea ! Et comme par hasard, elle aussi est repêchée dans le Tibre. Vous êtes vraiment une race d'assassins patentés ! »

Comme dans les pièces de théâtre en vogue à cette époque, il ne reste plus, dès lors, qu'à baisser le rideau pour changer de décor : au palais des Diamants, le duc Hercule s'entretient avec ses conseillers.

« Les incursions du duc de Valentinois sont de plus en plus préoccupantes. Nous ignorons quelle est la meilleure position à adopter en cette circonstance.

— Si le fils du pape continue comme ça, répond un délégué, l'équilibre de l'Italie risque d'être mis à mal.

— C'est vrai, intervient un autre, mais n'oubliez pas que nous ne pouvons en aucune manière prendre parti dès lors que la sœur du Valentinois est l'épouse de Son Excellence don Alphonse. »

C'est à cet instant que Lucrèce pénètre dans la salle du conseil. Le visage blafard, elle regarde le duc et murmure : « S'il vous plaît, mon seigneur, j'ai à vous parler. S'il vous plaît. »

Tous les conseillers, qui se sont levés à son arrivée, restent interdits et se tournent à leur tour vers Hercule qui, après quelques instants d'indécision, dit à ses ministres : « Messieurs, le conseil reprendra ce soir, je vous prie de bien vouloir vous retirer. »

Immédiatement, la pièce se vide dans un bourdonnement confus, et Lucrèce et son beau-père restent seuls. Elle s'avance, met une main sur son épaule et s'assoit avec un profond soupir.

« Qu'avez-vous, Lucrèce ? demande le duc Hercule avec inquiétude.

— Mon bon seigneur, je ne peux rester plus longtemps à Ferrare, il me faut m'en aller. »

Hercule pose sur elle un regard incrédule et s'assied à côté d'elle en silence, il attend. Lucrèce poursuit : « Votre fils m'a témoigné un mépris qui n'admet aucune réplique.

— Quand cela s'est-il produit ? Que dites-vous ? balbutie son beau-père.

— La vérité. Hier, mon époux a proféré des accusations terribles auxquelles je n'ai rien rétorqué, je suis restée muette.

— Mais que dites-vous ? demande Hercule confus. Soyez plus précise !

— Il est inutile que je vous rapporte ses propos, je suis certaine qu'à l'époque vos informateurs vous ont fait état des mêmes insinuations. Du reste, cela ne fait aucune différence, il s'en est tant raconté sur mon compte…

— Lucrèce, vous ne pouvez vous comporter de la sorte ! Expliquez-vous, enfin ! »

Lucrèce lui prend la main et commence : « Il s'agit de cette histoire sordide au sujet de mon présumé amant retrouvé mort dans le Tibre et de mon fils caché reconnu par mon père. Ne me dites pas que ces bruits ne sont jamais arrivés jusqu'à vos oreilles… »

Le duc baisse les yeux d'un air coupable, et Lucrèce reprend : « Cela est sans importance, monsieur, si vous saviez depuis combien d'années désormais on médit de moi…

— Mais pourquoi n'avez-vous rien répliqué ? Il semble ainsi que vous souhaitez confirmer ces horribles racontars !

— Cela ne servirait à rien, mon seigneur, ces rumeurs ont été répétées tant de fois qu'elles se sont en un sens substituées à la vérité. Et puis votre fils n'aurait jamais prêté foi à mes paroles, bouleversé et désespéré comme il l'est. Alphonse a tout fait pour m'aimer, il a essayé d'effacer chaque mensonge, mais le tourment de la calomnie finit toujours par l'emporter.

— Attendez avant de prendre des décisions drastiques. Je comprends que vous soyez offensée…

— Je ne suis nullement offensée, seulement au désespoir.

— Ecoutez-moi, ma fille, je connais bien mon fils, sa mère nous a quittés trop tôt, j'ai dû la remplacer en cela aussi. J'ai appris à déchiffrer d'un simple regard chacun de ses états d'âme, et je vous dirai qu'Alphonse n'est pas simplement amoureux de vous mais qu'il vous adore. Sachant comment il raisonne, je vous conseillerais d'attendre, comme il nous faut le faire pour le vin lors de la mise en fût : pour l'heure il fermente, attendons qu'il redevienne doux. Soyez-en assurée, il vous reviendra libéré de tout échauffement et aussi épris de vous que par le passé. »

Lucrèce appuie son front sur l'épaule d'Hercule, dont le vêtement se retrouve baigné de larmes. Puis, sans ajouter un mot, elle s'en retourne en murmurant : « J'espère de tout cœur que vous êtes mon devin. »

Ecrire pour l'enchantement.

De retour au palais, la jeune femme réunit ses dames et leur demande s'il leur serait agréable d'organiser une soirée où l'on lirait quelques vers des poèmes qui fleurissent alors à Ferrare. L'une d'elles propose d'un air espiègle : « Pardonnez-moi, madame, mais pourquoi ne pas proposer aux poètes de déclamer eux-mêmes leurs vers ?

— Quelle merveilleuse idée ! s'exclame Lucrèce. Et quel devrait être, à votre avis, le thème des pièces présentées ? »

Et une autre dame de suggérer aussitôt : « Mais vous, dame Lucrèce, vous serez le sujet ! »

Le soir même, au palais de Belfiore, se tient une réception avec quelques-uns des plus fins lettrés de la ville. Pour l'occasion, Lucrèce a revêtu une robe somptueuse et a le front ceint d'un rubis, cadeau de noces du duc Hercule. Parmi les intervenants se distinguent Celio Calcagnini, Niccolò da Correggio et le Tebaldeo.

Ce dernier se lève et annonce : « Dame Lucrèce, si vous le permettez, je vais vous lire un sonnet que vous dédie Marcello Filosseno :

> "*Exulte ô Ferrare à qui le ciel octroie*
> *Beau présent car à ton sceptre pourvoit*
> *Plaçant ores en tes murs Lucretia*
> *Lucretia que la nature de tous ses dons dota.*"[1]

Lucrèce, flattée, passe parmi les invités en les mettant à l'aise. Tous se déclarent charmés par la jeune femme. L'un d'eux, avec beaucoup de difficultés, essaie de se

1. *Lucrezia Borgia. Storia e mito*, sous la direction de Michele Bordin et Paolo Trovato, Leo S. Olschki editore, Florence, 2006.

lever en s'appuyant sur une béquille sans laquelle il ne parviendrait pas à tenir debout. La dame se penche vers lui : « Ne vous mettez pas en peine, peu importe que vous vous leviez pour me saluer.

— Je voudrais moi aussi vous dédier quelques vers, déclare le boiteux.

— Oh, bien volontiers ! » Et ce disant, elle l'aide à se mettre debout.

Le poète présente aussitôt l'argument : « Ce texte s'intitule : *Pour un sourire*. "Marin j'étais et je poussais avec d'autres ma rame afin que la barque sur laquelle je peinais traversât le grand canal. Sur cette sorte de bucentaure monte un jour une compagnie composée de femmes gracieuses et de jeunes hommes de noble naissance. Le chef de la bande demanda à grande voix : 'Ne se trouverait-il pas quelqu'un, parmi vous autres rameurs, pour nous chanter un air pendant la traversée ?' 'Moi !' dis-je aussitôt. Et j'entonnai une ballade dédiée à la plus belle des dames. A la fin de mon chant la dame s'avança vers moi et me sourit avec émotion, puis elle descendit avec les autres voyageurs et disparut. Toute la nuit et d'autres encore, ce sourire me tint éveillé. Il m'apparaissait en tout lieu, surtout lorsque je voguais." »

Et en récitant, le narrateur bouge sa béquille comme s'il se fut agi d'une rame.

« "C'en était assez, je ne pouvais plus rester sur ce bateau. Je décidai de m'enrôler comme soldat. Un de mes amis, capitaine de son état, était à Naples. Je le rejoignis et m'engageai dans l'armée du roi. A peine un mois plus tard, j'étais au milieu des combats. L'ennemi avait attaqué et brisé les premières lignes de cavaliers et de fantassins. Un soldat chargeait le roi, je me jetai dans la mêlée et le tuai d'un coup d'épée. 'Soldat ! me cria le roi, je te dois la vie. Sans toi et ta lame je ne serais plus de ce monde.' Il me serra sur son cœur et me dit : 'Tu es désormais un fils pour moi.' Une autre bataille s'engagea, j'étais toujours aux côtés du roi. Nous remportâmes la victoire. Je m'étais battu avec acharnement et j'avais pris le commandement, le capitaine ayant trouvé la mort au combat. Le roi me nomma général et me fit toujours honneur. Au cours de la dernière bataille, dans la plaine du Pô, nous capturâmes toute la cour d'une de ces villes. Et là, je reconnus aussitôt la dame au sourire. C'était la reine. Je profitai de la confusion pour la saisir et l'entraîner sur mon cheval. Ensemble, nous prîmes la fuite. Nous nous aimâmes toute la nuit dans une des demeures que la dame avait dans cette contrée. Le lendemain, je rejoignis mon armée et deux jours plus tard, j'appris que ma reine avait signé la paix avec le roi ennemi, qui était le mien. Ils décidèrent de se marier. Le royaume aurait été plus sûr. Une nuit et puis tout s'évanouit. Je montai à bord d'un brigantin, les poches remplies d'argent. Je passai un accord avec le capitaine, achetai le navire et son commandement. Mais le destin voulut que nous croisions un vaisseau de Sarrasins. Nous livrâmes bataille. Fait prisonnier, je me retrouvai à bord d'une galère, esclave. Je poussais la rame au rythme d'un hortator qui battait le rythme et distribuait les coups de fouet. En ramant, je songeai : 'Qu'est-il arrivé, pourquoi ?' Et tout seul je me répondis : 'Tout cela pour un sourire.'" »

Les applaudissements fusent, et Lucrèce, aussi émue que la reine au sourire, s'approche du récitant et s'assied à côté de lui.

« Cette histoire est-elle de vous ? Et si tel est le cas, quand l'avez-vous écrite ?

— Pourquoi cette question ?

— J'ai reconnu mon frère dans ces combats et j'y ai vu un présage : lui enchaîné sur un bateau.

— Je ne sais, peut-être. Du reste le duc de Valentinois est dans tous les esprits, il n'est pas difficile de devoir en parler. Mais si vous me le permettez, Madame, je voudrais vous féliciter d'avoir eu l'idée de nous réunir ici ce soir. Je crois pouvoir vous dire en notre nom à tous que nous sommes honorés de votre bonne grâce. »

Lucrèce, flattée, répond : « Je vous remercie. J'espère que ces soirées se répéteront. Mais aidez-moi donc à choisir des personnes susceptibles de les enrichir.

— Je ne sais si je saurai me montrer digne de la tâche que vous me proposez.

— Si vous voulez m'être agréable, accordez-moi votre confiance et ne soyez pas si formel. Je n'ai jamais eu autant besoin d'un ami que maintenant. Mais pardonnez-moi, je ne vous ai pas encore demandé votre nom !

— J'y remédie tout de suite, je me nomme Ercole Strozzi. Je suis un des juges du Tribunal Suprême des Douze Sages et, comme tous ceux qui servent la justice, j'essaie de sortir du piège qu'est cette charge en écrivant de la poésie. »

Des cercueils au menu du banquet.

Entre-temps, le duc de Valentinois, qui faisait désormais la loi en Romagne, cherchait à agrandir encore son territoire afin de se bâtir un véritable royaume dans le centre de l'Italie. Ses visées s'étendaient à Bologne, Sienne, Pise et Lucca. Mais, inévitablement, de plus en plus de gens autour de lui appelaient sa mort de leurs vœux. Il y avait ses ennemis déclarés, bien sûr, à savoir les divers seigneurs qui craignaient de subir le même sort que Astorre Manfredi, retrouvé mort dans le Tibre, mais aussi ses plus proches partisans. En effet, les capitaines du Valentinois étaient particulièrement inquiets du pouvoir considérable que leur chef était en train de s'arroger. Comme l'écrivit Machiavel : « Les Vitelli, les Orsini et leurs partisans craignirent que le duc, devenu trop puissant après la prise de Bologne, ne cherchât à les détruire à leur tour pour demeurer en Italie le seul souverain en armes. »[1].

Ceux-ci se réunissent donc à Magione, chez le cardinal Giovan Battista Orsini, afin d'ourdir un complot.

1. Nicolas Machiavel, *Exposé de la manière dont le duc de Valentinois a abattu Vitellozzo Vitelli, Oliverotto da Fermo, le seigneur Pagolo et le duc Gravina Orsini*, in. *Œuvres complètes*, bibliothèque de la Pléiade, Gallimard, Paris, 1952.

Mais César Borgia a vent de la trahison et prépare une vengeance ingénieuse et terrible.

Il feint de vouloir conclure un accord avec ses capitaines rebelles et les amadoue en leur concédant prébendes et avantages personnels. Ayant ainsi endormi leur vigilance, il les convie tous, le 31 décembre 1502, à un banquet dans la ville de Senigallia. Il nous faut au moins admettre que l'épisode prouve que César possédait une connaissance historique poussée. En effet, cette tactique infaillible, qui consistait à inviter par la ruse ses ennemis à une fête pour les exterminer jusqu'au dernier, avait été relatée par l'historien grec Xénophon, un des rares chefs militaires à ne pas avoir participé au banquet offert par les Perses aux généraux hellènes qui furent massacrés jusqu'au dernier.

César s'avance vers les anciens conjurés et, s'adressant à l'un d'eux, Vitellozzo Vitelli, dit avec un sourire : « Frère, comment pouvons-nous, nous qui ensemble avons soumis tant de villes, être en désaccord ? De mon côté, j'oublie tout, viens dans mes bras ! » Et il l'embrasse sur la joue en signe de paix.

Ils se rendent dans une grande salle au milieu de laquelle est dressée une table richement fournie en venaison et en vin.

« Je compte sur vous, a recommandé le duc de Valentinois à son cuisinier, pour que leur dernier repas soit le meilleur de leur vie. »

Quand ils eurent tous pris place, César s'excuse : « Pardonnez-moi mes amis, mais je dois malheureusement vous laisser un instant. M'attend dans la pièce attenante, une pauvre fille qui ne peut passer une journée sans recevoir ma visite. Du reste, comme nous le savons, il n'est meilleure pitance à croquer qu'une belle fille ! »

Les capitaines éclatent d'un rire gras et vulgaire, et César s'éclipse. Un détachement de gardes fait aussitôt irruption dans la salle et entoure les hôtes éberlués. Certains tentent de fuir, mais ils sont aussitôt passés par le fil de l'épée. Le massacre commence. Deux des conjurés sont étranglés cette nuit-là par Michelotto Corella, le sicaire personnel de César qui avait déjà tué le jeune Alphonse d'Aragon. Deux autres subissent un sort plus cruel : retenus prisonniers quelques jours pour leur donner un espoir de salut, ils sont pour l'un étranglé et pour l'autre noyé.

On raconte qu'à l'époque cette infâme prouesse suscita plus d'éloges que d'indignation. La grande ruse de César, et la détermination de condottiere avec laquelle il s'était débarrassé de ses rivaux, lui valurent l'admiration de tous. Evidemment, certaines atrocités, lorsqu'elles font le jeu des intérêts politiques ou personnels, peuvent aussi être considérées comme des vertus. Ce sont des choses qui arrivent, ou plutôt qui arrivaient au XVIe siècle.

En parlant de cadavres.

Nous sommes dans la grand-salle du palais où réside Lucrèce, et ses dames se préparent à accueillir leurs hôtes. Ce soir-là, en effet, sont attendus des poètes et des conteurs qui feront lecture de leurs œuvres.

Ercole Strozzi fait les honneurs de la maison en l'absence de Lucrèce qui, étrangement, tarde à apparaître.

« Enfin la voici ! », s'exclame l'une de ses dames en allant à sa rencontre.

Lucrèce, le visage pâle, traverse la salle sans saluer personne. Elle s'assoit dans un fauteuil près de la cheminée, porte les mains à son visage et éclate en sanglots. Tous se pressent autour d'elle.

Strozzi se penche à son oreille et lui demande : « Qu'est-il arrivé, Madame ? »

Lucrèce lève son visage vers lui, essuie ses yeux avec un mouchoir, s'apprête à répondre mais aucun son ne sort de sa bouche.

Un jeune homme éloigne avec courtoisie quelques invités : « Laissons-la respirer. J'ai appris la nouvelle en chemin. Il était inévitable que l'on en arrive à ce massacre.

— Mais enfin, messire Lodovico, de quel massacre parlez-vous ? Voulez-vous nous expliquer ce qui est arrivé ?

— Il est arrivé que le Valentinois a invité tous ses capitaines à un banquet à Senigallia et a ensuite ordonné le carnage.

— Un massacre ?

— Oui, mais si le duc de Romagne n'était pas intervenu avec une férocité si prompte, aujourd'hui nous, et surtout dame Lucrèce, serions en train de le pleurer.

— Entendez-vous par là que ses fidèles tramaient un piège ?

— Légitime défense, en somme ! Mais vous rendez-vous compte de ce que vous êtes en train d'insinuer ? Pardonnez-moi, mais qui êtes-vous ?

— Je me nomme Arioste, fils de Niccolò.

— Arioste ? Et à quel titre vous trouvez-vous ici ?

— Au même titre que vous, je présume. »

Un jeune homme de belle prestance qui se tient à côté d'Ercole Strozzi déclare : « Je vous invite à modérer vos jugements, partiels tant que vous n'avez pas pleinement connaissance des faits. »

Et Arioste de répondre : « Et de quelles autres informations souhaiteriez-vous être en possession ? C'est une situation que nous avons déjà rencontrée ces dernières années. Deux fronts cherchent à s'éliminer, le plus rapide fait table rase. C'est une conclusion presque mathématique.

— C'est juste, réplique le beau jeune homme en riant. Et comme les mathématiques sont la science du calculable et du prévisible, il n'y a pas à s'étonner. Gagne qui dégaine le premier. L'important n'est pas le contexte mais le fait de polémiquer et de démontrer, même impitoyablement, la force de sa rhétorique ! On jette par la parole sur la table du déjeuner, tels des fruits goûteux,

Pietro Bembo

des corps assassinés en arguant qu'ils sont des éléments de notre temps avec lesquels il convient d'apprendre à vivre en bonne entente en leur ménageant une petite place. Un mort au déjeuner, un cadavre durant le *palio*, un juron au Sanctus, tout cela n'a plus rien d'anormal. Il est étrange qu'ici, dans ce magnifique palais, on ne trouve pas un cercueil habité de cadavres ! Et peu importe si la splendide dame qui nous reçoit vit au cœur d'une tourmente qui la plonge dans le désespoir le plus atroce. Dans la logique des événements, le fait qu'il s'agisse de son frère n'est qu'un incident du hasard qu'il nous faut négliger.

Tandis que le jeune homme laisse libre cours à son éloquence, Lucrèce se lève et passe devant son champion. Elle s'arrête un instant, tourne son visage vers lui et demande : « Je me trompe ou vous êtes messire Pietro Bembo ?

— En effet, Madame, c'est bien moi.

— Je vous remercie d'avoir considéré mon désespoir. J'espère vous revoir, monsieur », et elle continue son chemin, suivie de Strozzi, qui se retourne vers les invités et les prie de bien vouloir comprendre la situation.

Tous se retirent.

Bembo s'apprête à faire de même lorsque Strozzi lui fait signe de le suivre et, un instant plus tard, il se retrouve dans une pièce qui s'ouvre sur un vaste balcon.

Lucrèce l'attend dehors.

« Avancez, messire, vous êtes dans l'ombre et je ne peux vous observer comme il faut. »

Bembo fait quelques pas et s'arrête au milieu de la pièce, non loin de Lucrèce.

« Madame… », commence-t-il avant de se taire, posant sur elle un regard incrédule.

Lucrèce le rejoint et lui prend la main avec un sourire : « Bel enfant que tu es, Rafaello, couche mes traits sur ta toile et tiens-moi enlacée. Si tu ne veux m'aimer, doux Rafaello, efface mon portrait, je préfère mourir que de ne pas être tienne. »

Bembo la regarde, interloqué. Après un long silence, il parvient à dire : « Madame, peut-être reconnaissez-vous en moi une autre personne…

— C'est exactement cela. Vous ressemblez tant à Raphaël, le peintre, que vous m'avez rappelé ces vers que les dames romaines dédient au maître. Et j'ajouterais que la ressemblance n'est pas en votre défaveur.

— Madame, se reprend Bembo, vous me ravissez à la réalité pour m'entraîner au royaume du paradoxe, loin de tout temps et de toute raison, et cela est si sublime que je souhaiterais ramener cette bulle avec moi parmi les hommes et vivre seul dans cet enchantement.

— Mais c'est incroyable… Avec quelle facilité vous réussissez à exprimer des images aussi insolites ! commente Lucrèce, abasourdie. Revenez donc, nous pourrons ainsi continuer à nous surprendre l'un l'autre. »

Il parle d'amour et boite d'une jambe.

Ercole Strozzi, prenant appui sur sa béquille, s'essouffle pour rester à la hauteur de Bembo, qui marche à grandes enjambées à travers les rues de Ferrare sans rien voir de ce qui l'entoure.

« Vous m'aviez dit qu'elle était sublime, adorable ! Pourquoi mentir à votre ami, mon cher Ercole ?

— Pourquoi mentir ?

— Mais voyons ! Lucrèce est bien plus que tout cela et que tous les mots qui existent ! Vous m'avez introduit chez elle sans me prévenir que vous m'emmeniez marcher en équilibre sur le fil de l'impossible devant la beauté absolue.

— Je voudrais avoir avec moi des feuillets, plaisante Strozzi en s'arrêtant un instant pour reprendre son souffle, car vous êtes en train de composer des poèmes, mon cher Pietro, quel dommage cependant qu'ils soient en langue vulgaire ! »

Bembo se tourne et fixe son ami avec un sourire pénétrant : « Ecoutez-moi, Ercole, apprenez à écrire en vulgaire, afin que vos vers puissent être lus par des dames qui ont intelligence d'amour[1].

— Il me semble avoir déjà entendu cela quelque part… Quoi qu'il en soit, si vous le dites, mon ami, je m'y essaierai. Ne serait-ce que parce que dans quelques

1. « Dame qui avez intelligence d'amour » est un chant de *Vita nuova* de Dante Alighieri, un recueil de poèmes écrits pour Béatrice, qu'il compose et recompose suite à sa mort, quelques années plus tôt, en 1290. (N. d. T.)

jours je suis invité à un bal au palais de Belfiore par dame Lucrèce.

— Vous êtes invité ? Et moi ?

— A ce que j'ai cru comprendre, vous n'avez plus besoin d'invitations. »

La perte du désir serait le pire des châtiments.

Le soir du bal, les salles du palais débordent de guirlandes et de décorations, tandis que s'y pressent des invités en grande toilette qui semblent rivaliser d'élégance. Nous sommes le 15 janvier et étrangement, le vent souffle fort. Comme par enchantement, le ciel s'est dégagé et la lune baigne les lieux d'une douce lueur couleur émeraude. Strozzi et Bembo se tiennent près d'une fenêtre, un peu à l'écart des autres.

« Viendra-t-elle ? finit par demander ce dernier d'une voix où perce l'angoisse.

— C'est elle qui nous a invités, répond son ami en lui posant une main sur l'épaule. Quelle plaisanterie cela serait si elle n'apparaissait pas. »

Comme si elle répondait à l'appel de son confident, Lucrèce, précédée de quelques-unes de ses dames, fait son entrée dans la salle. Elle porte de nouveau une robe cramoisie.

Elle s'arrête au centre de la salle, au milieu des murmures admiratifs, et jette un regard autour d'elle.

A peine a-t-elle croisé les yeux de Bembo qu'elle

s'approche de lui d'un pas décidé et lui tend la main en disant : « Messire Pietro, vous seul, j'en suis certaine, saurez deviner quel est le plus beau compliment que je souhaite recevoir ce soir. »

Ercole Strozzi observe avec curiosité d'abord Lucrèce, puis son ami, lequel prend d'un geste lent la main que la dame lui offre, et il l'invite à le suivre.

Ils s'approchent de la fenêtre qui donne sur le parc. Bembo l'ouvre et indique la lune : « Regardez là-haut. A une croisée la lune s'est levée, mon aimée dedans s'est mirée, la lune pâle est venue et de cirrus s'est vêtue.

— Oh non, vous êtes déloyal ! s'écrie Lucrèce. Comment pourrai-je désormais me mesurer à vous ?

— Madame, trouvez-vous sage de vous exposer de la sorte aux commérages et aux inventions des esprits malins ?

— Qu'entendez-vous ? demande Lucrèce avec une naïveté feinte.

— Honorer de façon aussi explicite un seul de vos hôtes, répond Bembo confus, en négligeant tous les autres… »

Elle sourit.

« Tant de bruits infondés ont couru sur mon compte que je peux bien en faire naître un qui a au moins le mérite de reposer sur quelque chose d'agréable…

— Je crois au contraire que les choses vraiment belles acquièrent davantage de valeur si on les dissimule aux yeux du monde.

— S'il en est ainsi, que me cachez-vous ?

— Madame, il me faudra un livre entier pour vous narrer ce que vous me demandez. »

Lucrèce serre la main de Bembo et la laisse retomber, puis elle s'éloigne vers les autres invités.

Quelques jours plus tard, dans le jardin de la villa de Strozzi, les deux amis sont rejoints par un serviteur qui porte une feuille pliée et scellée.

Strozzi saisit la lettre, lui donne un coup d'œil et la tend à Bembo : « C'est pour vous, et il me semble deviner qui en est l'auteur. »

Pietro l'ouvre, lit quelques lignes, puis il explique à son ami : « J'en connais déjà la teneur, c'est un poème que Lucrèce m'a récité la dernière fois que je l'ai rencontrée. Je l'ai trouvé si extraordinaire que je lui ai fait promettre de me l'envoyer par écrit. »

Il donne le papier à Strozzi et ajoute : « Faites-moi le plaisir de le lire à voix haute, voulez-vous ? »

Strozzi accepte de bon cœur mais s'arrête aussitôt : « C'est de l'aragonais.

— Bien sûr, il est de Lopez de Estúñiga. Mais lisez néanmoins ces vers, même si vous ne les comprenez pas, je vous en ferai la traduction. »

Son ami commence : « *Yo pienso si me muriese.* »

Et Bembo traduit : « Je pense que si ma vie devait finir. »

Strozzi reprend : « *Y con mis males finase desear.* »

« Alors avec mes souffrances mourrait le désir. »

« *Tan grande amor fenesciese que todo el mundo quedas sin amar.* »

« Une si grande passion se consumerait et le monde entier resterait sans amour. »

« *Mas esto considerando mi tarde morir esluego tanto bueno.* »

« Quand j'y pense il me tarde de mourir, c'est là mon seul désir. »

Strozzi rend la lettre à Bembo.

« Mon ami, jamais je n'ai vu une chance pareille à la vôtre. Vous rendez-vous compte ? Par ces vers d'un poète que nous ne connaissons pas, Lucrèce vous déclare sa flamme et vous fait savoir que seule la mort pourrait apaiser cette passion désespérée ! »

Se battre comme des guerriers déguisés en pantins.

Nous nous trouvons dans les faubourgs de Ferrare sous une sorte de halle dont le toit est constitué de la coque d'un *bragozzo* renversé. Y a été installée une véritable salle d'armes où les jeunes guerriers se forment aux duels à cheval et au sol et apprennent l'art des estocades, des parades et des fentes. En ces lieux, le vacarme est de mise, y résonnent des cris d'incitation qui font penser qu'une charge sanglante a été lancée. Sauf que chevaux, boucliers, lances et épées sont factices et faits de bois.

A cet instant, un court rideau s'écarte et Lucrèce apparaît, le visage dissimulé derrière un voile. La dame reste interdite.

« Mais qu'est-ce là ? demande-t-elle au maître d'armes qui l'accompagne. Des pantins sur un manège en mouvement ?

— Non, Madame, détrompez-vous. De formidables guerriers se cachent à l'intérieur de ces armatures de roseau tressé.

— Et les chevaux de bois ?

— Nous avons pour habitude de remplacer, par des destriers factices, les montures en chair et en os qui risqueraient à chaque leçon d'être transpercées ou de finir boiteuses. Mais ne vous laissez pas induire en erreur par cette mise en scène, je l'avoue, bouffonne. Nos cavaliers apprennent l'art de la guerre non dans des affrontements réels mais bien dans ces combats de pantins. »

Soudain, un cheval mécanique, tiré de çà et de là par des cordes qui le font se dresser sur ses pattes, se cabre et fait verser son cavalier qui roule à terre. Quatre serviteurs accourent pour aider le malheureux à se remettre debout. Puis ils l'entraînent dehors. « Mais qu'est-il arrivé ? Est-il mort ? s'écrie Lucrèce.

— Non, heureusement ces couvertures qui font office de ceste le protègent. Il sera bientôt prêt à remonter en selle. Oh, voici le gentilhomme que vous cherchiez !

— Lequel est-ce, celui qui s'approche entouré de cestes de la tête aux pieds ?

— Oui, celui-là même, c'est lui qui a désarçonné son adversaire il y a un instant. » Et sur ces mots, il s'incline devant la dame et s'en va.

Le pantin mobile arrive à hauteur de Lucrèce, qu'il pousse avec courtoisie derrière le rideau, dans une pièce où sont entreposées lances et épées de bois, et il ferme la porte. Il ôte alors son masque de roseau tressé, et apparaît le visage de Pietro Bembo.

« Madame ! commence-t-il en regardant autour de lui avec agitation. Quelle folle étourderie vous a poussée à venir ici, seule, en plein jour !

— Je sais, Pietro chéri, vous avez raison, mais je n'y tenais plus ! »

Bembo se laisse aller à sourire mais insiste : « Lucrèce, vous ne pouvez courir le risque de vous compromettre de la sorte, nous sommes surveillés, épiés à tout instant, même en ce moment, dit-il en fouillant la pièce des yeux. Etes-vous certaine que personne ne vous a suivie ?

— Soyez sans crainte, je…

— Je ne peux être tranquille, ce serait manquer à mon devoir envers vous.

— Mais je vous ai écrit, des jours ont passé sans que je reçoive la moindre réponse de votre part, j'étais inquiète !

— Parlez moins fort, Madame, je vous en supplie !

— Mais qui craignez-vous ? Personne ne nous écoute, vos amis ont l'air d'autant de marionnettes à une fête de carnaval !

— Attendez, vous avez dit m'avoir écrit, mais cela fait des jours que je ne reçois aucune lettre de vous.

— Mais comment, je vous en ai envoyé au moins quatre, qu'est-ce que cela veut dire ?

— Tout simplement que quelqu'un les a interceptées, lues et peut-être même transcrites !

— Ne me grondez pas, si vous saviez les efforts qu'il m'en a coûté d'essayer d'écrire aussi bien que vous... »

A ces mots, au son de cette voix, Bembo ne parvient pas à se contenir, il l'enlace et l'embrasse avec effusion. Quand ils se détachent, elle soupire et dit dans un souffle : « Vous m'avez dédommagé dix fois plus que je ne l'espérais, s'il vous plaît, embrassez-moi encore. »

Bembo ne se fait pas prier. Longuement, ils se donnent satisfaction.

« Lucrèce, je ne vous résiste pas, mais il nous faut être prudents.

— Voulez-vous dire que je ne pourrai plus vous écrire ?

— Non, cela jamais, c'est le seul moyen que j'ai de vous sentir toujours proche de moi. Mais nous devrons le faire avec art et tout nous dire sans que les autres puissent comprendre ce que nous écrivons.

— Je suis d'accord. Et à partir de maintenant, je ne serai plus Lucrèce.

— Et comment devrais-je vous appeler ?

— F. F.

— Pourquoi ?

— Vous le comprendrez tout seul si vous y réfléchissez un peu. »

Mais la violente fièvre de cette passion ne devait pas être la seule à terrasser Bembo. En août, en effet, de retour d'un voyage, le poète contracta la fièvre tierce qui faisait encore des victimes à Ferrare et dans la campagne environnante. Contraint de garder le lit pour éviter tout risque de contagion, il lui était impossible de contacter Lucrèce.

Un matin, son domestique entend un cheval s'arrêter devant la villa. Il n'a pas le temps de descendre voir de qui il s'agit que déjà Lucrèce ouvre la porte et gravit l'escalier.

« Madame, balbutie le serviteur, vous ne pensez quand même pas vous approcher de lui… C'est dangereux… Vous pourriez attraper son mal. »

Avant même qu'il ait fini sa phrase, Lucrèce est à la porte de la chambre de Bembo, qui gît assoupi dans son lit et ne prend pas immédiatement conscience de sa présence.

« Mon bien-aimé… Pietro, c'est moi. »

Bembo se tourne et la regarde : « Veuillez m'excuser, ma vue se brouille, qui êtes-vous ?

— Ne te fatigue pas. » Elle lui prend le poignet, puis approche son visage de son front. « Mon Dieu, comme tu es brûlant !

— Mais qui êtes-vous ? Vous ne pouvez venir si près de moi… Il y a danger…, gémit-il avant de s'écrier soudain : Lucrèce ! C'est toi, Lucrèce !

— Oui, je suis là.

— Je t'ai reconnue à ton parfum. » Il la laisse d'abord l'étreindre, mais s'écrie bien vite : « Non, il ne faut pas, vous pourriez trouver la mort ! »

A cet instant, une femme arrive avec une bassine et quelques linges. Lucrèce demande : « Qu'est-ce ?

— De l'eau froide.

— Parfait, donne-moi ça. »

Elle se saisit d'un linge qu'elle plonge dans l'eau, puis elle l'étend sur le front de son ami qui se plaint. Lucrèce tâte le cou et la poitrine de Pietro : « Mais il est trempé !

— Madame, c'est la fièvre tierce…

— Mais on ne peut pas le laisser ainsi ! Surtout pas dans une chambre aussi glacée. N'avez-vous pas un brasero quelque part ?

— Si fait, il est là-bas, je vous l'apporte tout de suite. »

Tandis que la servante pousse le brasero devant elle, Lucrèce soulève les couvertures : « Nous devons le déshabiller !

— Le déshabiller ?

— Evidemment, il nous faut l'essuyer, veux-tu le laisser trempé de la sorte ? Aide-moi je te prie !

— Bien, Madame. » Et elles commencent à l'essuyer.

« Mon Dieu, tu es encore plus mal en point que saint Sébastien… Voilà, maintenant il est bien sec.

— Oui, mais il ne va pas tarder à être aussi transpirant qu'avant.

— Et alors, il faut faire comme avec les bébés qui ont de la fièvre.

— Que viennent faire les bébés là-dedans ?

— N'as-tu pas d'enfants ?

— Si.

— Et quand ils ont de la fièvre, que fais-tu ? Ne les serres-tu pas contre ton sein afin que la fièvre tombe ?
— Si, bien sûr.
— C'est à moi qu'il incombe d'essayer de le calmer. » Sur ces mots, elle ôte sa robe et se glisse entre les couvertures avec lui. « Va donc, et veille à ce que personne n'entre et ne le réveille. »
Bembo se plaint : « Je tremble… Dieu que j'ai froid…
— Tu ne vas pas tarder à aller mieux, serre-toi contre moi… Encore plus fort… »

La femme au visage blême et à la robe noire arrive toujours sans frapper à la porte.

A Rome, lorsque sévissaient les fortes chaleurs estivales, la cour pontificale avait pour habitude de trouver refuge dans la fraîcheur des monts Albani[1]. Mais en ce mois d'août 1503, Alexandre VI avait préféré rester au Vatican, car la situation politique – les troupes françaises combattaient les Espagnols non loin de là pour leur arracher le royaume de Naples – requérait la présence de son autorité.

Désormais âgé de soixante-douze ans, Rodrigue Borgia essaie de résister à la canicule. Un soir, il va dîner chez le cardinal Adriano Castellesi di Corneto, sur les collines romaines, accompagné du duc de Valentinois et

1. S. Bradford, *op. cit.*

de divers prélats. Ils trinquent avec du vin clairet frais et commencent à manger.

A l'instant même, un des convives est pris d'un malaise et glisse à bas de son fauteuil. Le pape Alexandre se lève pour lui porter secours, mais il s'écroule à son tour, suivi de son fils qui, dans sa chute, s'agrippe au maître de maison qui roule à terre avec lui. César est au plus mal et continue de vomir. On s'empresse de lui faire boire du lait en grande quantité, car le verdict est sans appel : il a ingéré du poison.

Le pape et son fils sont immédiatement reconduits au Vatican. Le mal des deux Borgia est tenu secret, de même que celui qui a frappé les évêques et les invités de haut rang. Seules quelques nouvelles filtrent. Les membres de la Curie, soi-disant bien informés, évoquent la malaria, mais il est étrange que la crise de cette terrible maladie ait frappé un groupe de saints hommes justement au même moment.

D'autres sont convaincus que le drame est survenu du fait d'un enchaînement de malentendus et d'erreurs. Le poison aurait été destiné au cardinal Castellesi, leur hôte, mais dans la confusion des toasts portés et du vin que l'on sert, les verres auraient été présentés aux mauvaises personnes. Notez bien que cette série de faux pas et d'erreurs de commandes se répétera quelque temps plus tard au cours des multiples représentations de la *Commedia dell'arte*, le pape et les invités étant remplacés par Pantalon et d'autres masques des gens de l'art.

Mais les équivoques de la comédie grotesque ne

s'arrêtent pas là. Les jours suivants, la rumeur parle d'un pape en voie de guérison tandis que le duc de Valentinois est déjà donné pour mort. Pourtant, le soir du 18 août 1503, treize jours après ce dîner fatal, Alexandre VI rend l'âme après une douloureuse agonie. César, qui était allongé dans son lit, dans la chambre au-dessus de celle du pape, descend dès qu'il apprend la nouvelle et, à la vue du corps inerte de son père, éclate en sanglots rageurs.

Très vite, il se ressaisit et crie à ses hommes : « Dépêchez-vous, emportez immédiatement les bijoux, l'argenterie et les pièces ! Il doit y avoir au moins trois cent mille ducats dans les appartements de mon père ! »

Et il s'en est fallu de peu qu'il n'arrive trop tard car au même moment, comme dans tout canevas qui se respecte, les domestiques font eux aussi main basse sur les effets du souverain pontife.

Personne ne le veille pendant la nuit. Le lendemain, il est déposé sur le catafalque, mais les gardes l'abandonnent bien vite pour subtiliser les cierges. Entre-temps, le cadavre de Rodrigue se décompose affreusement au point que tout son visage noircit et que sa langue enfle et remplit sa bouche pourtant grande ouverte. Mais le sort s'acharne de façon plus féroce encore : la bière étant trop petite pour y mettre le corps, on lui ôte d'abord son manteau doré puis, comme cela ne suffit pas, il faut se résoudre à y faire entrer la dépouille mortelle de force, à coups de poing[1].

1. *Ibid.*

Les enfants n'apprennent pas à reconnaître l'odeur de leur mère.

Au milieu de cette cascade d'événements soudains, Lucrèce se rappela qu'elle avait un fils. L'avoir laissé à Rome était son plus douloureux tourment, qui l'avait souvent fait se sentir indigne. Elle aurait aimé lui rendre visite et le serrer dans ses bras, mais ce désir lui était sans cesse nié car la coutume, aussi atroce puisse-t-elle être, voulait qu'elle ne fasse en aucune façon passer ses sentiments de mère avant son mariage avec le fils du duc de Ferrare.

Cette fois-là, pourtant, alors que le sol semble se dérober sous ses pieds, elle parvient à faire fi de la tradition, et elle entreprend seule le voyage, chevauchant presque d'une traite jusqu'au Vatican. Elle souhaite se recueillir devant la dépouille de son père, mais surtout, elle entend rejoindre le plus rapidement possible son fils abandonné.

Une fois à Rome, elle apprend que l'enfant se trouve dans les prés autour du Colysée avec sa nourrice. Elle s'y rend aussitôt et l'aperçoit juché sur un petit cheval, occupé à le faire trotter. Elle s'approche, descend de sa monture et l'arrête.

« Bonjour mon enfant chéri, me reconnais-tu ? »

L'enfant l'observe un instant avant de répondre : « Non, Madame. Veuillez m'excuser mais Assunta dit que je ne dois pas parler aux étrangers.

— Mais mon trésor, je ne suis pas une étrangère, je suis ta maman.

— Ah bon ? On m'a pourtant dit qu'elle était morte...

— Mon Dieu, dis-tu vrai ? Que suis-je en train de faire ? Je disparais deux années entières de la vie d'un enfant aujourd'hui âgé de quatre ans et je m'attends à ce qu'il me saute au cou...

— Je ne comprends pas ce que vous dites, Madame... Peut-être me confondez-vous avec quelqu'un d'autre. Pardonnez-moi, Assunta est revenue, avec votre permission, je dois y aller. » Et sur ces mots, il éperonne son petit cheval et s'éloigne.

Lucrèce retient ses larmes et décide d'aller rendre les derniers hommages à son père.

Quand elle arrive au Vatican, elle voit son frère descendre l'escalier ; il l'arrête aussitôt : « Je t'en prie, ne va pas auprès de lui, la maladie qui l'a emporté a dévasté son visage. Je ne veux pas que tu gardes de notre père un souvenir aussi atroce. Je t'invite même à quitter immédiatement la ville, des révoltes ont éclaté dans tous les quartiers et nous autres Borgia sommes tenus pour responsables de leur ruine.

Lucrèce se laisse convaincre. Elle se retourne pour adresser un geste d'adieu à César, mais il a déjà disparu.

Lucrèce erre à travers les appartements du Vatican sans bien savoir où elle se trouve. Elle a devant les yeux les images de son fils à tout jamais perdu et de son père. Elle se laisse tomber sur un banc, à l'une des portes du palais, et pleure en silence. Soudain, elle sent une présence à ses côtés et une main saisit la sienne. Elle sursaute, effrayée, et voit apparaître le visage de son beau-père, Hercule. Sans un mot, elle jette ses bras autour de son cou et éclate en sanglots.

« Merci, parvient-elle enfin à articuler. Merci, Monsieur… Père.

— Oh ! sourit le duc. Si j'avais eu une fille telle que vous, qui sait où nous serions en ce moment plutôt qu'à pleurer ici !

— Ce que vous dites est adorable. De toute la Cour, vous seul m'avez rejointe à Rome pour me témoigner votre affection.

— Comment aurais-je pu vous laisser seule ? La tendresse que j'ai pour vous…

— J'éprouve envers vous un sentiment dont mes relations avec mon père étaient dépourvues : la confiance. Si je vous avais eu pour père, j'aurais été encline à toujours dire la vérité.

— Je sais moi aussi ce que signifie la solitude.

— Oui, nous souffrons du même manque. Chaque année, pendant de longs mois, mon époux s'en va si loin vers le nord que les rares lettres qu'il m'écrit me parviennent souvent alors qu'il est déjà de retour.

— Je me demande, pourquoi s'absente-t-il en permanence, que lui manque-t-il à Ferrare, dans sa ville ? Il dit que c'est moi qui l'envoie à l'étranger pour apprendre l'art et la science militaires, mais il n'en est rien…

— Savez-vous le fond de ma pensée ?

— Dites-moi ?

— En vérité mon époux ne supporte pas de vivre auprès de nous.

— Mais pourquoi ? Il y a à Ferrare tout ce dont il a besoin, sans parler de la présence d'hommes et de femmes de grand talent dans les domaines des arts et des sciences.

— C'est précisément cela qui l'agace ! Etre entouré d'esprits trop brillants, de palais à la géométrie impossible et de personnes qui confient au savoir toute la valeur d'une société.

— Je ne comprends pas que l'on puisse préférer à tout cela les couleuvrines et les mortiers !

— Les mortiers ?

— Bien sûr, vous savez bien qu'il s'est épris de cet art jusqu'au fanatisme, il a même dessiné des canons !

— Il a essayé de me parler de ses intérêts, mais je ne peux les souffrir…

— Quand je pense qu'à ma mort Alphonse deviendra duc de Ferrare ! Comment se prépare-t-il à prendre soin de cette ville ? Echafaude-t-il des projets sur le réseau hydraulique pour améliorer la navigation et l'irrigation des champs ? Ou sur la médecine pour pourvoir à la santé de ses sujets ? Non, il étudie la guerre, l'art de la destruction ! Je lui disais un jour : "Que préférerais-tu faire de cette ville ? Athènes ou Sparte ?" Et il me répondit : "Sparte bien sûr ! — Sparte ? Tu aimerais aller la visiter ? — Oui ! — Tu peux toujours essayer ! Tu ne trouveras pas une seule pierre de Sparte, cette cité n'existe plus, on ne sait même pas où elle était située !"

— Et qu'a-t-il répondu ?

— Il est resté un instant silencieux, puis il a dit avec colère : "Mieux vaut être fringant tant qu'on est de ce monde que d'être beau une fois dans la tombe !" Et il a tourné les talons.

— Une réponse étonnante ! Il devrait faire alliance avec mon frère César, j'imagine sans peine quelle amitié il en naîtrait : gloire et pompes funèbres !

— Vous savez... J'ai entendu parler de votre cercle de poètes, de vos... fréquentations avec ces lettrés... »

Lucrèce se raidit et pose sur lui un regard inquiet. Le duc s'en rend compte et poursuit : « Non, je vous en prie, je ne voulais nullement vous en faire le reproche... Au contraire, je vous comprends... La parole et la pensée nous sont indispensables. Une femme telle que vous, qui déjà enfant étudiait le grec, savait lire le latin et qui connaissait de Rome non seulement les palais mais aussi l'histoire et les œuvres d'art qui l'ornaient, a surtout besoin de se nourrir de beauté...

— Merci. Vous dites vrai. Je possède de nombreux livres et j'en cherche sans cesse de nouveaux. Lire me procure une satisfaction immense, mais tout comme l'air m'est vital, il me faut aussi discuter de ce que je pense et des doutes qui souvent m'assaillent dès lors qu'il est question d'une nouvelle découverte ou du rapport aux langages et surtout à Dieu. J'ai toujours vécu entourée d'évêques, de prêtres, de cardinaux, et main dans la main avec un pape, et je vous avouerai que le réconfort de la prière ne parvient pas à éloigner le désespoir. Une nouvelle idée exprimée par la voix d'hommes et de femmes savants me libère souvent, comme par enchantement, de ce que nous, dans notre langue, appelons *sciacron*, la douleur sans espoir. »

Le pape Jules II

DEUXIÈME PARTIE

Le grand âge ne suffit pas à rendre plus avisé.

Le duc de Valentinois avait esquivé la mort à plusieurs reprises, qu'il se fût agi de maladie ou de poison, mais cela avait été le dernier cadeau du destin aux Borgia. Souvent, la déesse aux yeux bandés se plaît à se moquer des déconfits en leur offrant un dernier avantage.

En effet, environ un mois après la mort d'Alexandre VI, le pape François Todeschini Piccolomini est intronisé sous le nom de Pie III, et reconduit la nomination de César en tant que capitaine général de l'Eglise et gonfalonier. Malheureusement, à peine le nouveau pontife a-t-il le temps de charger Pinturicchio de la décoration de la Bibliothèque Piccolomini, près de la cathédrale de Sienne, qu'un ulcère à la jambe l'emporte après seulement vingt-six jours de règne.

Un nouveau conclave se tient, et en ressort le pire nom que le duc de Valentinois pouvait redouter. En effet, après avoir inutilement tenté, ces onze années passées, de s'opposer au pape Alexandre, Giuliano della Rovere, l'ennemi le plus acharné des Borgia, accède enfin au trône de saint Pierre sous le nom de Jules II, et il supprime à l'instant même tous les privilèges octroyés au Valentinois par son prédécesseur. Comme dans la tombola milanaise, le dernier Borgia tire de l'urne la plaque perdante – *minga*, rien –, ce qui signifie que le parieur y laisse jusqu'à son pantalon. César, qui avait soutenu l'élection du nouveau pontife dans l'espoir d'entrer dans ses bonnes grâces, cherche un compromis qui lui permettrait de conserver au moins une partie de ses biens en échange de quelques châteaux en Romagne, mais la situation bascule.

Privés du soutien puissant de son père, les projets de conquête du duc de Valentinois, ses terres de Romagne, peut-être même sa vie sont de nouveau menacés. Jules II, après avoir essuyé une violente provocation de la part de quelques châtelains fidèles à César qui avaient pendu son émissaire venu leur intimer l'ordre de se rendre, décide de mettre un terme aux délais. Le Valentinois constituait un obstacle à sa politique, et en tant que tel il devait être éliminé. Ainsi, avec l'appui des Vénitiens qui convoitent ces terres, butin qu'ils entendent bien se partager, il entame une croisade de reconquête.

César cherche à colmater les brèches : il fait d'abord alliance avec les Espagnols, puis avec les Français, tandis qu'en Romagne éclatent des révoltes pour le chasser et remettre les anciens seigneurs sur le trône.

Lucrèce (qui aurait soupçonné en elle pareille hardiesse ?) se donne bien du mal pour regrouper des troupes et essayer de sauver son frère d'une ruine totale, alors qu'il aurait été logique que l'épouse d'Alphonse d'Este pense à elle-même.

La fille du pape se retrouve soudain presque entièrement seule, et bien qu'elle soit l'épouse du futur duc, sa position vacille quelque peu. Seuls lui restent fidèles Ercole Strozzi et Pietro Bembo, lequel se précipite aussitôt chez elle pour la consoler. Mais dès qu'il la voit, dans le noir, au fond d'une pièce, littéralement déchirée par la douleur, le courage lui fait défaut et il se dit que mieux vaut s'en retourner d'où il est venu.

En redescendant l'escalier, il s'arrête et murmure à part lui : « Que suis-je en train de faire, mon Dieu ! Je ne vaux pas mieux que tous ces bouffons de courtisans. Dès que l'affaire tourne mal et montre quelques signes de danger, je me cache moi aussi sous mon capuchon et je fuis les ennuis. »

Il rebrousse alors chemin et gravit en courant le grand escalier. Il entre dans la pièce, et le voilà devant Lucrèce qui se lève aussitôt, étonnée, pour l'enlacer : « Je craignais ne plus te revoir.

— Pour être honnête, il y a un instant, en te voyant assise sur ce lit, les paroles de réconfort m'ont manqué, tout comme le courage.

— Ce ne sont pas seulement tes paroles qui me manquent, dit-elle en lui caressant le visage, mais aussi ta présence.

— Je voudrais tant qu'elle suffise à éloigner toute cette douleur.

— Serre-moi, s'il te plaît, qui me reste-t-il sinon toi ?

— Qui ? Mais toi-même, Lucrèce ! Je n'ai jamais rencontré un courage tel que le tien ! Te rends-tu compte ? En pareil moment, alors que ta vie s'écroule, tu arrives encore à penser aux autres !

— Comment ? Que veux-tu dire ?

— N'aie crainte, jamais je ne pourrai te trahir.

— Tu sais donc ?

— Oui, et à peine l'ai-je appris que je me suis senti exploser d'amour et d'admiration pour toi. Je peine encore à y croire… Ton frère t'a empoisonné l'existence avec ses atrocités, il a fait tuer l'homme que tu aimais, et maintenant qu'il risque d'être renversé, au lieu de l'abandonner à son sort, que fais-tu ? Tu lèves sur ta cassette personnelle une armée pour lui venir en aide !

— Je t'en supplie, pas si fort ! Si cela se savait, ce serait ma fin !

— Pardonne-moi, tu as raison, mais ce que tu as fait est tellement beau, tellement impétueux !

— Qui t'en a parlé ?

— Tu ne le devines pas ?

— Non, j'avais recommandé le secret le plus absolu.

— Le maître d'armes qui t'a conduite à moi lorsque tu es venue me voir à l'académie. Je lui ai confié mes craintes, lui demandant conseil sur ce qui pouvait être fait, et il m'a dit avec un sourire : "Ne t'inquiète pas, elle est déjà en train d'y pourvoir."

— C'est vrai, dit Lucrèce, et il m'aide beaucoup. C'est lui qui a pris contact avec les mercenaires, mais pour l'heure, rien ne doit filtrer ! Jusqu'à présent nous avons enrôlé mille fantassins et cinq cents archers ; il manque encore la cavalerie...

— La cavalerie... T'entends-tu parler ? l'interrompt Bembo. On dirait un condottiere en train de lever une armée ! Tu es extraordinaire, Lucrèce, ta vie est un exemple pour moi, un très grand enseignement ! Tu es... tu es... » Et il la soulève dans ses bras et l'embrasse.

Elle respire profondément et lui demande : « Si je suis aussi extraordinaire, pourquoi laisses-tu s'écouler de si longues périodes entre chacune de nos rencontres ?

— Tu as raison, mais il devient de plus en plus difficile de trouver des occasions favorables... Et puis maintenant que le duc Hercule est revenu... Et mon père me rappelle continuellement à Venise.

— Ça va, j'ai compris, l'interrompt Lucrèce. Peu importe, profitons du peu de temps qui nous est offert, nous savions que cela serait difficile... Au fond, mon mufle de mari a dit vrai, mieux vaut être fringant tant que l'on est de ce monde ! »

A la guerre comme à la guerre.

La guerre éclate avec son lot d'affrontements. Sont notamment attaqués les châteaux que tiennent encore les partisans de César Borgia. Il ne faut pas oublier que l'armée de Venise était la force la plus redoutée des villes-Etats italiennes. Pourtant, les mercenaires assemblés par Lucrèce et conduits par Pedro Ramirez réussissent à battre les troupes des assaillants. Personne n'aurait parié un ducat sur la victoire de ce groupe disparate de soldats. Et chose plus imprévisible encore, Jules II, par l'intermédiaire de ses ambassadeurs à la Cour de Ferrare, adresse au duc de durs reproches : « Votre geste vous paraît-il loyal, Monsieur ? Concéder de la sorte un soutien moral et financier pour lever une armée à lâcher contre le Saint-Père et ses alliés ? Et qui plus est pour mener une politique au détriment de l'Eglise, qui revendique ses droits légitimes sur ces terres ? N'oubliez pas que vous êtes vous-même un feudataire de Rome.

— Et c'est la raison pour laquelle, en humble feudataire, je me garde bien de soutenir, comme vous le prétendez, les intérêts du duc de Valentinois et de sa sœur. Je n'ai pas déboursé un ducat dans cette affaire ! Ma bru a les moyens et les capacités d'organiser, seule, ce que bon lui semble ! »

Mais il était inévitable que les événements rendent vaines cette généreuse initiative. Face au refus de César de céder toutes ses possessions, Jules II met fin aux délais qu'il lui avait accordés et, le 20 décembre, il le fait arrêter et enfermer au château Borgia, dans la tour même où Lucrèce habitait et où son jeune époux avait été assassiné.

César marche de long en large en mesurant l'espace exigu où, après tant de batailles heureuses, il se retrouve confiné.

« Borgia ! aboie un des gardes posté dans le couloir. Tu as une visite ! »

Les verrous claquent en s'ouvrant tour à tour et voici qu'apparaît la dernière personne que le duc de Valentinois pouvait escompter voir.

« Bonjour à vous, murmure Bembo. Je m'attriste de vous voir ainsi traité.

— Pardonnez-moi, mais n'êtes-vous pas Pietro Bembo, ce poète ami de ma sœur ?

— Si fait.

— Et comment avez-vous pu obtenir l'autorisation de me voir ?

— Je suis à Rome pour le compte de mon père, chargé d'une mission pour la République de Venise. Le secrétaire du pontife a intercédé afin que je puisse m'entretenir avec vous.

— J'imagine que vous venez me transmettre les salutations de Lucrèce.

— Non, votre sœur ne sait pas que je suis ici. Mais en rentrant à Venise, je ferai halte chez elle, à Ferrare, et j'aimerais lui donner de bonnes nouvelles de vous. J'espère même être en mesure de lui faire savoir que vous êtes sur le point d'être libéré.

— Je crains fort que vous ne puissiez satisfaire ce souhait.

— En usant de certaines amitiés au Vatican, j'ai peut-être la possibilité de vous rendre la liberté. Tout dépend si vous êtes disposé à céder vos forteresses au pape.

— Etes-vous fou ? Ces châteaux sont le seul atout qui me reste !

— Justement, jouez-le. Et dites-vous bien que votre position de prisonnier, qui plus est en ce lieu qui vous est néfaste, n'est pas à votre avantage pour négocier avec le pape. Une fois que vous serez libre, ce sera une autre histoire, mais pour l'heure, vous risquez seulement votre tête.

— Pourquoi faites-vous tout cela ? A ce que je sais, avant mon arrestation, votre... comment dire... votre relation sentimentale avec Lucrèce n'avançait pas toutes voiles dehors.

— Oui, le mistral est tombé, mais je conserve une grande affection pour votre sœur. C'est une femme extraordinaire. Etes-vous au courant de ce qu'elle a entrepris pour défendre les terres encore en votre possession ?

— Non, je savais seulement par ouï-dire qu'elle se donnait beaucoup de mal pour engager des troupes de mercenaires.

— Eh bien cette armée s'est mise en marche et a réussi à défaire les forces vénitiennes appuyées par les contingents papaux. Grâce à elle, Cesena et Imola sont encore libres.

— Ma sœur a fait une chose pareille ?!

— Oui, mais ce n'est pas la seule raison pour laquelle je l'estime. Il est rare de rencontrer une femme qui pense toujours aux autres avant de se préoccuper de ses intérêts. Mais dites-moi un peu, quels sont vos projets une fois la liberté recouvrée ?

— Je quitterai séance tenante Rome que je ne supporte plus, surtout avec ce pape… Je partirai aussitôt pour Naples.

— Pourquoi Naples ?

— Parce que en ce moment, à Naples, il y a les Espagnols, en d'autres termes mon peuple. Et de là, je pourrai entamer la reconquête de mes terres.

— Donc nous sommes entendus, vous ferez ce que je vous ai suggéré ?

— Bien sûr, vous m'avez convaincu, c'est la seule solution.

— J'en suis heureux, mais veillez à ne pas vous fier aveuglément, car comme on dit dans la plaine du Pô, un contrat avec le pape est comme une entente signée avec un perfide. Vous me comprenez, n'est-ce pas ? »

Commme prévu, César Borgia est relâché. Il se procure un cheval et se rend aussitôt à Naples. Mais là, ce que Bembo avait redouté a bien lieu. Le piège ourdi par Jules II, avec la complicité de ces mêmes Espagnols dont César espérait obtenir l'aide, se referme sur lui. Le duc de Valentinois est enchaîné et envoyé par bateau en Espagne, comme prisonnier des Aragonais.

La tombée du rideau ne parvient pas
à sécher les larmes.

Pendant ce temps, à Ferrare, Lucrèce était toujours plus esseulée. Alphonse faisait le tour des diverses cours européennes, Bembo était parti, et surtout Hercule, son beau-père, était tombé malade et gardait le lit.

Dans ce climat d'incertitude, Lucrèce reçoit une lettre adressée à F. F. qui l'invite à se rendre, le soir même, en dehors de l'enceinte de la ville.

A l'heure convenue, la jeune femme est au rendez-vous, un peu effrayée. Presque aussitôt, une silhouette s'approche.

« Pietro ! chuchote-t-elle, et ils s'embrassent avec effusion.

— Pardonne-moi de t'avoir fait venir jusqu'ici mais c'était la seule façon de te rencontrer sans danger.

— Comme tu m'as manqué, mon Pietro adoré !

— Nous avons peu de temps. Je dois te communiquer une nouvelle.

— Une nouvelle ? murmure-t-elle avec inquiétude.

— Oui, une bonne nouvelle.

— Ah, enfin ! Dis-moi vite, je t'écoute.

— Ton frère a été libéré. Il a dû céder ses châteaux de Romagne, mais l'important pour lui était de sortir des griffes du pape. »

Lucrèce se jette à son cou et le couvre de baisers : « Merci, merci ! Je devine que tu n'es pas étranger à ce compromis !

— En partie, mais je t'en prie, laisse-moi finir, sinon, ému comme je le suis, je ne réussirai pas à prononcer un mot de plus. Il est si agréable de se laisser emporter par toi.

— Pareil pour moi, mais où va César ?

— A Naples, et je crains énormément pour sa personne.

— Pourquoi ? Il a sur lui, j'espère, un sauf-conduit du pape.

— Bien sûr, mais sans vouloir me montrer désobligeant, personne ne sait mieux que toi ce que vaut la parole d'un pape. A Venise, on dit : "Un bon chrétien ne jure jamais sa loyauté sur l'Evangile." Alors imagine un peu Jules II, qui vous hait ! Mais ne restons pas ainsi à découvert, viens, il y a derrière nous une cavité profonde creusée dans la roche, nous y serons plus en sécurité. »

Les deux amoureux vont se cacher dans ce refuge et s'assoient sur un banc confortable.

Bembo l'enlace : « S'il m'était possible d'arrêter le temps en cet instant. J'ai rêvé que la lune sortait de son arc et disparaissait du firmament.

— Et qu'est-ce que cela signifie ?

— Les anciens disaient que si un tel phénomène se produisait, un homme chutant d'une tour resterait suspendu dans les airs, un enfant que sa mère ferait sauter dans ses bras l'entraînerait avec lui, et deux amants enlacés se fondraient l'un dans l'autre pour devenir une seule et même chose.

— C'est magnifique, quoique absurde.

— Oui, malheureusement. Peut-être que se brise en ce moment ce que nous nommions cristal[1], à savoir notre cœur. Il est difficile d'espérer que nous nous reverrons un jour.

1. Pietro Bembo, Lucrezia Borgia, *La grande fiamma. Lettere 1503-1517*, Archinto, Milano, 1989.

— Pourquoi difficile ?

— Tu le sais bien. J'ai appris grâce à toi à considérer la position de mon aimée avant la mienne. Or, tu te trouves dans une situation extrêmement périlleuse. Ton beau-père est malade, son fils, ton époux, est sur le chemin du retour, et toi, je le devine sans peine, tu ne quitteras pas le chevet du duc, qui mérite toute l'affection que tu lui prodigues. Comment courir le risque qu'un scandale éclate en pareil moment ? Ce serait un acte coupable et insensé. Ta vie est déjà tracée sur la paume de ta main, de mon côté, je me dirige dans une tout autre direction. Souviens-toi que je t'ai aimée à la folie et que je continuerai de le faire. »

Lucrèce, malgré une situation politique chancelante, avait réussi à gagner l'admiration et l'amour du peuple et de la Cour. Son charme et sa propension à écouter et à secourir ceux qui s'adressaient à elle avaient prévalu sur tous les préjugés et les médisances dont son nom était entouré, et avaient même franchi les frontières du duché de Ferrare.

Presque par hasard, voilà que, pour la première fois depuis son mariage, Lucrèce a l'occasion de rencontrer Isabelle, sa belle-sœur, la fille du duc à l'agonie.

D'une mésentente entre femmes peut aussi naître une grande affection.

C'est pour être aux côtés de son père que la marquise de Mantoue est revenue dans sa ville natale. Les deux femmes se rencontrent sans aucun courtisan. Elles esquissent une accolade plus qu'elles ne s'enlacent, s'effleurant les joues avec un semblant de baiser. Puis elles se regardent, et ne peuvent s'empêcher de rire de leur pantomime.

« Heureusement, chère Lucrèce, que tu n'as pas entendu ce que j'ai murmuré entre mes dents le jour où tu es arrivée à Ferrare pour épouser mon frère…

— Pourquoi, Isabelle ? Quelles malédictions t'ont échappé ?

— Vois-tu, à mes yeux, tu étais une femme quelque peu réprouvée qui venait laver son honneur en épousant l'héritier d'un duché ancien et prestigieux… Et en plus une dame rusée qui se permettait de me voler la maison où j'avais grandi, celle de ma mère.

— En somme, tu pensais toi aussi que j'étais une croqueuse de maris aguerrie.

— Je l'avoue, oui.

— Si tu es venue me trouver aujourd'hui, peut-être ai-je réussi à te faire changer d'avis…

— Bien sûr ! dit Isabelle en riant. Le fait que tu éprouves pour mon père une affection sincère et non des sentiments intéressés m'a réconciliée avec toi.

— C'est vrai, et je dois dire qu'il a su me témoigner la même tendresse.

— Je suis heureuse que mon père Hercule, qui mérite pleinement le nom qu'on lui a donné à la naissance, ait à son chevet deux femmes qui l'aiment. Malheureusement, cela ne saurait compenser l'absence de son fils Alphonse, et de mon mari, François.

— Cela me désole qu'ils ne soient pas ici en ce moment. Et dire que je pensais avoir eu raison des médisances et de l'horrible portrait qu'ils font de moi. J'ai eu avec Alphonse une violente dispute, il a eu à mon égard des insultes très dures. Ton père, à qui je m'en étais ouverte, désespérée, m'avait assuré que sa rancœur ne tarderait pas à se dissiper car telle était sa nature. Néanmoins, la dernière fois qu'il est rentré à Ferrare, je n'ai pu l'apercevoir que de loin, qui s'en retournait à ses voyages, juché sur son cheval.

— Comme c'est étrange, c'est ce qu'il m'arrive parfois à moi aussi… Pense au sort que nous avons eu toutes les deux, Lucrèce, nous avons épousé deux guerriers. Au moins mon frère se laisse-t-il parfois aller à jouer un peu de viole.

— Oui, c'est vrai, il aurait pu devenir un musicien accompli.

— Oui, mais la seule musique qu'il apprécie vraiment est celle des canons qui tirent et déciment, et cela vaut aussi pour François.

— Et n'oublie pas la chasse.

— C'est juste, quand ils ne peuvent tuer des hommes, ils se rabattent sur les animaux.

— Aimer la beauté est une souffrance si celui qui

Isabelle d'Este

est à nos côtés se refuse ne serait-ce qu'à y prêter attention.

— Je ne sais pas si tu l'as entendu dire, mais après ses premiers succès militaires j'ai convaincu François de commander à un des peintres les plus célèbres de Mantoue, Andrea Mantegna, une série de peintures gigantesques sur le Triomphe de César, où bien entendu il était fait allusion à son triomphe à lui. Enthousiasmé à l'idée d'être exalté dans une œuvre d'art si majestueuse, il a accepté. J'ai suivi le travail du peintre, stupéfaite de tant de talent, et surtout j'ai incité Mantegna à souligner, dans la liesse des guerriers victorieux, leur but véritable : mettre à sac et piller la ville vaincue, en emportant comme autant de voleurs des plateaux chargés d'or, des statues de grande valeur et des femmes pour prendre leur plaisir. François, le personnage central de ce tableau, s'est contenté de quelques coups d'œil, sans se rendre compte de ce qu'il regardait. Et surtout, depuis maintenant deux ans, il ne verse pas un ducat au peintre, qui continue de travailler pour lui.

— L'art est pour eux une chose inutile.

— J'irais plus loin : quand ils se disent intéressés c'est seulement pour prouver au monde qu'ils sont d'authentiques seigneurs et apprécient à ce titre l'art et la culture !

— Je te confesse qu'il est des moments où je n'ai que dédain pour mon mari.

— Je ne peux moi non plus l'éviter. C'est la constante de nous autres femmes. Cela m'évoque toujours Phèdre qui, dans la tragédie d'Euripide, s'éprend d'Hippolyte qui méprise les femmes et ne pense qu'à la chasse.

— Il y a effectivement des ressemblances, sourit Lucrèce avec amertume.

— Et sais-tu comment cela finit dans la tragédie grecque ?

— Non, dis-moi s'il te plaît.

— Quand Phèdre découvre qu'il ne l'aime pas, elle décide de se donner la mort.

— Et toi, ajoute Lucrèce après un instant de silence, as-tu envie de te tuer ?

— Je crois que j'attendrai encore un peu, répond Isabelle en souriant à son tour. Au moins mon mari rentre-t-il parfois de ses parties de chasse. »

Libérer les détenus.

Quelques mois auparavant, Hercule d'Este avait confié à Lucrèce une tâche très délicate : l'examen des suppliques et des instances adressées à la Cour pour implorer intercession et aide. Pourquoi une telle mission ? Une dame s'occupe en général de l'entretien des jardins, des tentures des salons, à la rigueur du choix des cuisiniers et du menu pour l'office, on ne la charge pas de superviser les procès et les condamnations. Qu'est-ce qui avait induit le duc à prendre pareille décision ?

A l'évidence, le fait de découvrir que sa bru possédait

la capacité et la détermination de lever une armée et d'obtenir la victoire lors de l'affrontement final.

Nombre de suppliques que recevait Lucrèce concernaient la libération de prisonniers incarcérés dans les geôles de Mantoue. François Gonzague, lui, en voyait arriver de plusieurs villes d'Italie et d'Europe. Lucrèce avait déjà eu l'occasion de rencontrer le seigneur de Mantoue en 1496, lorsque le marquis, vainqueur de la bataille de Fornoue, était passé par Rome. En 1502, tous deux commencèrent à échanger quelques lettres.

Dans l'une d'elles, Lucrèce réclamait la libération d'un pauvre cordonnier, accusé d'avoir volé du pain à un prêtre. Le cas n'était pas grave et François consentit donc de bon gré à la requête de sa charmante belle-sœur ; à la fin de sa lettre, pourtant, il écrivit : « Fut libéré hier le prisonnier pour lequel Votre Seigneurie demanda gracieusement clémence. J'ai à mon tour une humble supplique à adresser à Votre Seigneurie. Vous aussi, en effet, retenez prisonnier une personne chère à mon cœur et qui implore votre grâce. » Mais quelques jours plus tard, survient un problème infiniment plus sérieux et difficile à gérer. Il s'agit d'un homicide. Jugeant la sentence injuste, les parents du condamné, qui sont originaires de Ferrare, font appel à Lucrèce pour obtenir justice. Voici les faits : un mécanicien affecté aux écluses du Mincio est condamné pour le meurtre d'un de ses compères à cause d'une telle broutille que l'on est proche de la rixe entre ivrognes.

Lucrèce, avec l'aide d'un avocat à son service, examine

les documents inhérents à l'enquête et au jugement et relève des incohérences notables, des témoignages vagues et un manque absolu de preuves valides. C'est pourquoi, bien qu'elle ait en main tout ce qui pourrait nécessiter un réexamen minutieux des faits, plutôt que de s'adresser à son beau-frère, elle préfère agir de son propre chef et demander à ses enquêteurs une révision des événements. Ces derniers se rendent à Mantoue et parviennent à reconstituer la dynamique du délit, découvrant que les probables auteurs et commanditaires sont tout autres, et que la victime a certainement été tuée parce qu'elle voulait mettre un terme à la relation que sa fille entretenait avec un dignitaire de la ville.

A ce stade, Lucrèce écrit à François afin de solliciter une vérification judiciaire des faits. Malheureusement, des jours et des jours s'écoulent sans qu'il envoie de réponse. Indignée, Lucrèce lui écrit sur un ton plutôt brusque, lui rappelant que la vie d'un homme probablement innocent et injustement condamné à mort est en jeu. Enfin le marquis de Mantoue passe à l'action et, avec un zèle inattendu, il envoie à Ferrare les trois responsables de l'enquête pour qu'ils y rencontrent le ministère public qui a diligenté la première enquête. Assistent également aux audiences François et Lucrèce, qui fait montre d'une compétence administrative des plus impressionnantes.

La vérité ne tarde pas à se faire jour. Le pauvre homme qui allait être conduit à l'échafaud n'est rien de moins qu'un bouc émissaire. Le véritable responsable est Alberto da Castellucchio, un noble de Mantoue qui avait décidé d'éliminer le père de la jeune fille qu'il avait séduite, lequel menaçait de le dénoncer. Pour détourner les soupçons, le puissant seigneur n'avait pas hésité à corrompre et menacer les juges pour qu'ils condamnent à sa place un compagnon de la victime, un homme pauvre et sans défense dont personne ne se serait préoccupé. François Gonzague ordonne la libération immédiate du condamné et en informe sa belle-sœur par courrier. Lucrèce exulte et, portée par sa satisfaction, elle décide de se rendre aussitôt à Mantoue afin d'apporter son réconfort au pauvre homme et de le ramener à Ferrare, chez ses parents. Informée du voyage, Isabelle propose à son amie de loger dans son palais, ravie de pouvoir l'avoir auprès d'elle.

Lucrèce et le marquis accompagnent l'éclusier libéré à Ferrare, où la population en liesse le fête. François est impressionné par cet accueil et, le soir même, se rend au palais de Poggio Rusco où il a invité Lucrèce pour le jour suivant. Le lendemain matin, la voyant approcher, il monte à cheval et galope à sa rencontre. L'instant d'après, ils remontent l'allée qui mène au château en marchant côte à côte.

« Vous avez un bon petit caractère, ma chère belle-sœur. J'ai d'abord pensé que vous vous entêtiez parce que vous vouliez avoir raison à tout prix.

— En effet, dit Lucrèce en riant. Et j'ai fini par gagner !

— Oui, mais vous m'avez fait suer sang et eau avec

François Gonzague

tous ces avocats et cette paperasse, vous me devez donc réparation !

— Et que voulez-vous donc ? N'êtes-vous pas déjà content d'avoir épargné le gibet à un innocent ?

— Vous occupez-vous seulement de secourir les pauvres diables ou faites-vous aussi quelque chose pour vous-même ?

— Ce que je fais, je le fais, je laisse aux autres le soin d'en parler.

— Moi non plus je n'aime pas perdre mon temps en bavardages, c'est pourquoi je vous annonce que vous m'accompagnerez demain à la chasse, ainsi serez-vous contrainte d'assister à l'exécution de quelque innocent volatile, et je vous avertis que mon faucon ne subira aucune condamnation, au contraire, il vous incombera de lui caresser la tête en guise de récompense.

— Une simple caresse ? Une bien maigre récompense pour un noble faucon !

— Cela dépend, ma chère belle-sœur, de qui la prodigue. »

Le lendemain matin, le soleil ne s'est pas encore levé quand Lucrèce et François Gonzague, entourés des courtisans et des chasseurs, chevauchent à travers bois.

« Savez-vous que c'est ma première chasse ?

— Comment ? Ce brave homme qu'est votre mari ne vous y a jamais emmenée ? N'arrive-t-il pas encore à enfiler ses bottes tout seul ?

— Sont-ce là des façons de parler du frère de votre épouse ? réplique Lucrèce, un peu piquée.

— Bien sûr que non, mais je parle de quelqu'un qui n'a pas encore amené sa ravissante épouse en forêt pour lui montrer quel homme il est.

— Peut-être existe-t-il d'autres façons de le prouver, ne pensez-vous pas ?

— Comme vous y allez, ma belle-sœur, ne nous connaissons-nous pas depuis trop peu pour parler de ces choses-là ? » Et sur ces mots, François ôte le capuchon de la tête de son imposant faucon qui prend aussitôt son envol.

En silence, Lucrèce et François suivent des yeux le rapace qui décrit des cercles avant de plonger soudain en piqué sur un canard, le broyant entre ses serres. Puis, comme le veut la règle, le faucon exécute un autre cercle dans l'air et lance la proie morte vers le fauconnier. En voyant approcher l'oiseau, François pousse sa compagne de côté afin qu'elle ne soit pas heurtée par le canard.

Elle pousse un cri : « Mais que faites-vous ? »

Il la rattrape par la taille.

« Lâchez-moi ! ordonne-t-elle.

— Pardonnez-moi, mais si je lâche prise, vous allez choir dans le marécage. Si vous tenez vraiment à tomber par terre, je vous en prie, laissez-moi vous guider, le sol est plus sec sur votre gauche. »

Lucrèce se ressaisit, agacée et embarrassée. « Veuillez m'excuser, cette chasse m'a un peu bouleversée.

— Installez-vous ici », répond-il en indiquant un tronc d'arbre abattu dont, avec son gant, il balaie déjà le feuillage. Ils s'assoient côte à côte. François sourit à Lucrèce, qui ne peut s'empêcher de lui rendre son sourire.

« J'ai dû vous sembler terriblement empruntée. Une pétulante fillette imbue de sa personne.

— En vérité, c'est moi qui vous ai mise dans cette position. Il n'y avait aucun risque que le canard vous atteigne, j'ai tout inventé, je vous le confesse.

— Vraiment ? Quel homme sans vergogne !

— Je souhaitais briser ce malaise que vous provoquez en moi.

— Moi ?

— Voyez-vous, lorsque vous m'avez écrit pour obtenir la révision du procès de ce pauvre condamné à mort, je pensais, pardonnez ma brutalité, que c'était un prétexte pour me mettre le grappin dessus et tenter de me séduire.

— Rien que ça !

— Oui. Et je m'en suis enorgueilli : regarde un peu quel charmeur tu es ! me disais-je. Il n'y en a pas une qui t'échappe ! Mais peu après vous m'avez adressé une lettre enflammée, non par la passion mais par la colère, votre courrier n'était qu'insultes contre mon étroitesse d'esprit et mon mépris envers les plus faibles.

— Et vous le méritiez !

— Peut-être, mais le fait est que cela m'a déstabilisé. Donc, “Imbécile ! me suis-je dit. Cette femme est honnête, elle ne joue pas la bonne samaritaine pour arriver au sommet du pouvoir.” Quand plus tard nous avons tenu séance avec les juges et les avocats, et que j'ai vu la détermination et le sérieux presque mystique avec lesquels vous vous jetiez à corps perdu dans cette affaire à seule fin de sauver un innocent, il m'est venu à l'esprit une sentence que ma mère, Marguerite de Bavière, l'Allemande, comme tout le monde la surnommait, me répétait dans mon enfance : "Juge un être à ce qu'il entreprend pour son prochain et non à ce qu'il se propose d'accomplir par de belles paroles."

— Et alors, pourquoi m'avoir invitée à cette chasse ? Pour vous réhabiliter et me faire entrer au royaume de vos conquêtes amoureuses ?

— Non, l'atmosphère était bien celle-ci mais l'intention était autre.

— Laquelle ?

— Apparaître devant vous sans masque, ni sur le visage ni dans le cœur. Et cela vous semblera absurde, mais je suis venu vous dire que je vous aime.

— Quel retournement ! s'exclame Lucrèce pour dissimuler son trouble.

— Pas vraiment, car le profond respect que j'ai aujourd'hui pour vous me retiendra de jamais vous inciter à faire l'amour avec moi. Et savez-vous pourquoi ? Parce que ce serait un crime infâme. J'ai la syphilis.

— La syphilis ? Et vous me le dites comme s'il s'agissait d'un banal souci domestique ? "Je suis un peu enrhumé, je dois avoir pris froid mais cela passera..." Pour l'amour du ciel, la vérole !

— Je l'admets, l'annonce est brutale, mais je devais vous le dire et vous prouver mon profond désespoir.

— Je comprends mais… Dois-je vous croire ? Cela me semble impossible… Je ne connais personne atteint de ce mal, mais j'en ai entendu parler… Les malades se déplacent avec peine, perdent la mémoire, s'évanouissent à tout instant, tombent par terre et oublient qui ils sont… Et vous… vous êtes à mes yeux l'homme sain par excellence. Et surtout, vous avez engendré avec votre épouse, une ribambelle d'enfants.

— Oui, et ils sont nés et ont grandi en bonne santé.

— Etiez-vous conscient de vous exposer à un risque terrible ? Ils pouvaient être contaminés dès la naissance, condamnés à une vie… Que l'on ne peut pas vraiment qualifier de vie.

— Bien sûr, c'est de cela dont je me sens surtout coupable. Mais comme vous doutez de la véracité de mes propos, laissez-moi vous dire que ce mal dont je souffre est aussi appelé du déséquilibré. En d'autres termes, un jour on se sent beau et fort comme le soleil et le lendemain on n'est plus que l'ombre de soi-même qui rampe dans le fumier. Le jour où nous nous sommes rendus à la prison pour accueillir ce pauvre diable, escortés par ses parents et ses amis, et aussi à notre arrivée à Ferrare, où nous le ramenions chez lui, devant cette foule en liesse, je me suis dit : “Mais qui sont-ils en train de fêter ? L'innocent libéré ? Non, c'est Lucrèce l'objet de leur admiration.” Et c'est là que je me suis senti précipité, anéanti : “Et j'ai en tête de la faire mienne sans me soucier un seul instant du mal atroce que je pourrais lui transmettre ? Et elle ferait à son insu de même avec son époux ? N'ai-je aucune conscience, si ce n'est entre mes cuisses ? Je risque de détruire un pays et les principes qui le guident, de jeter chacune de ses valeurs dans la fosse à purin de l'humanité ! Quel bel exemple de dignité je léguerais à mes fils !" »

La façon dont s'ouvre une vie est importante,
mais l'est plus encore
la manière dont on arrive à la clore.

Hercule était au plus mal. Les médecins qui le suivaient désespéraient désormais de pouvoir le sauver, et en ville on parlait sans en faire mystère de la succession au trône du duché.

Informé de l'état du duc, Alphonse rentra à Ferrare le 8 août. Outre le désir d'honorer son père mourant, la crainte que ses frères profitent de son absence pour essayer, par quelque manœuvre, de l'évincer du pouvoir l'avait décidé à regagner sa patrie.

Dans l'antichambre d'Hercule, Alphonse rencontre Isabelle, qui depuis plusieurs jours ne quitte pas le chevet de son père. Le frère et la sœur échangent une rapide étreinte : « Heureusement que tu es rentré.

— Comment va-t-il ? demande Alphonse avec un signe de tête en direction de la porte entrouverte de la chambre à coucher.

— Il a une forte fièvre et tremble en permanence. Il est pénible de le voir ainsi.

— N'y a-t-il personne auprès de lui ?

— Si, Lucrèce, elle ne le laisse jamais seul un instant, cela fait des jours qu'elle est à ses côtés.

— Je te remercie d'être venue de Mantoue pour lui apporter un peu de réconfort.

— Voyons, il est aussi mon père. Et puis quitter Mantoue n'est pas pour me déplaire.

— Pourquoi donc ?

— Laissons cela, je te dirai seulement que mon mari, depuis quelque temps, n'est pas dans la meilleure des formes, il ne m'honore guère de sa présence et il se montre grossier envers ses enfants. »

Alphonse laisse échapper un sourire et réplique : « N'en prends pas ombrage, il est sûrement en train de faire le coq du village.

— Que veux-tu dire ?

— Tu sais comment il est, il se sera épris de quelque donzelle. Ton époux ne m'a jamais plu, mais ce sont après tout des amusements innocents ! »

Isabelle pose sur son frère un regard chargé de mépris : « Peut-être, mais à l'évidence les petites paysannes l'ennuient.

— Qu'entends-tu par là ?

— Oh, rien.

— Parle-moi, Isabelle, depuis quand avons-nous des secrets l'un pour l'autre ? dit-il en lui prenant les mains.

— Pardonne-moi, je ne voulais pas t'affliger davantage, pour l'heure notre père doit être notre seule préoccupation.

— Il est inutile que tu te ronges de la sorte, si notre père s'en apercevait, il pourrait en souffrir… Allez, dis-moi tout, tu te sentiras mieux après.

— Les oiseaux migrateurs ont décidément bien du mal à percevoir les changements.

— Tu parles de moi ?

— Oui.

— D'accord. Eh bien dis-moi de quels changements je devrais être au fait. »

Isabelle le regarde, prend une profonde inspiration et commence : « Je ne sais pas si je dois, je ne sais pas si c'est bien, mais… As-tu déjà parlé à ta femme ?

— Non, je suis venu directement ici, pourquoi ?

— Reste le plus possible auprès d'elle. François…

— Quoi François ?

— Sois tranquille, il ne s'est rien passé, je crois… Mais mieux vaut que tu ne lui laisses pas trop, comment dire, de possibilités de voir Lucrèce. »

Alphonse, livide, lui saisit un poignet et hurle : « Parle ! Tout de suite ! Qu'est-ce que cet infâme a essayé de faire ?

— Je t'en prie, Alphonse, je t'en prie, tu me fais mal ! Lâche-moi, en plus Lucrèce est juste là ! »

Il lâche prise, mais répète, sérieux : « Dis-moi tout ce qui s'est passé !

— Je te jure qu'il n'y a rien eu, rien, sois tranquille et assieds-toi. »

Alphonse s'assoit et demande à voix plus basse : « Ma femme est donc mêlée à tout ça… Tu ne me caches rien, n'est-ce pas ?

— Non, je te le jure. Je t'enjoins seulement d'être vigilant. Ne t'éloigne pas autant de Ferrare. »

Alphonse se tourne vers la porte de la chambre du duc mourant : « Malheureusement, Isabelle, j'ai le sentiment que tu ne me verras plus prendre mon envol avec les oiseaux migrateurs. »

Isabelle saisit sa main et lui intime de se taire : Lucrèce vient de sortir des appartements du duc. En voyant Alphonse assis à côté d'Isabelle, elle peine à retenir un cri et court l'enlacer.

« C'est merveilleux que tu sois de retour !

— J'en avais moi aussi grand besoin », lui répond-il avec une affection sincère.

Lucrèce le regarde avec tendresse et l'embrasse, puis elle dit : « Va vite auprès de ton père, mais tâche de ne pas le réveiller, il vient de s'assoupir, il a tant besoin de se reposer. »

Alphonse a l'air embarrassé, Lucrèce le pousse légèrement et l'accompagne jusqu'à la porte.

« Je t'attends au jardin. » Il opine et entre, refermant la porte derrière lui.

« Je peux t'accompagner ? lui demande Isabelle.

— Mais bien sûr ! Viens, un peu d'air frais nous fera du bien à toutes deux. »

Les belles-sœurs descendent les quelques marches de l'escalier. Isabelle s'appuie à Lucrèce : « Aide-moi, veux-tu, depuis quelque temps, ma corpulence me gêne.

— Tu devrais te promener plus souvent, monter à cheval par exemple.

— A cheval sur quoi, un éléphant ? Regarde mes courbes, même lui prendrait peur ! »

Et elles éclatent de rire.

« Je me suis toujours demandé comment Alphonse et toi étiez dans votre enfance, j'étais curieuse de vous entendre parler entre vous, comme frère et sœur… Il y a peu, je m'apprêtais à ouvrir la porte lorsque je vous ai entendus, il y avait une telle tendresse dans vos voix… Et j'ai entendu ce que tu disais de moi.

— Tu nous as entendus ? Je te jure, Lucrèce, je… Je voulais seulement… J'ai parlé ainsi pour son… pour votre bien, mais je t'assure, je sais très bien que… Je veux dire, François… Enfin je sais qu'il ne s'est rien passé.

— Eh bien tu as tort. Il s'est passé quelque chose. »

Isabelle se raidit : « Quoi, quand ça ?

— Il m'a parlé de sa maladie, ou plutôt de son drame. »

Isabelle reste un instant perplexe, puis ajoute, avec une pointe d'agacement : « Pourquoi à toi ? Il n'en dit jamais mot à personne…

— Depuis que nous nous occupons ensemble du sort des condamnés, ton époux et moi avons commencé à nous confier des choses parfois délicates. Comme celle-ci. Je t'avoue que quand il s'en est ouvert à moi, j'ai eu peine à le croire… Et je lui ai même dit : "Mais comment ? Vous avez l'air en si parfaite santé…" Je me suis sentie emportée dans un tourbillon désespéré.

— Ce fut aussi mon sentiment lorsque je l'ai su.

Soudain, il s'est mis à parler à tort et à travers, tel un possédé... Et puis à marcher du pas vacillant de l'ivrogne, et je n'ai éprouvé pour lui aucune pitié mais de la haine, du mépris. Je ne lui pardonnais pas de m'avoir mise enceinte tout en sachant qu'il mettait en péril ma vie et celle des enfants.

— J'imagine ce que tu as dû ressentir, mon Isabelle.

— Non ! Impossible ! Personne ne peut l'imaginer ! » Elle ôte la cape qui couvre ses épaules et la jette par terre. « Regarde-moi bien, vois à quoi je ressemble. Après sa confession, je me suis mise à enfler telle une voile de misaine. Un ballon. J'ai pris quarante kilos ! Chez moi, j'ai dû abandonner le troisième étage pour m'installer au rez-de-chaussée, en face des écuries, car je n'arrive plus à gravir les escaliers ! »

A ce stade du récit, un commentaire s'impose. En étudiant les très nombreux écrits sur les Borgia, surtout sur Lucrèce, nous avons relevé un élément fondamental. Personne, ni parmi les historiens éminents ni parmi les raconteurs d'anecdotes érotico-porno-obscènes de bas étage, n'a pris en compte le fait que François Gonzague ait été atteint de syphilis. Ces auteurs ont tout simplement esquivé le problème en le supprimant. Syphilis : fait marginal. Comment est-ce possible ? A cette époque-là, on sait qu'un homme ou une femme qui aurait fait l'amour avec un vérolé avait peu de chances d'en sortir indemne. Il ou elle aurait immanquablement attrapé cette maladie monstrueuse qui équivalait alors à une condamnation. Et cela vaut aussi pour les enfants. Federico, le deuxième fils de François et Isabelle, avait d'ailleurs contracté la vérole congénitale, qu'il avait héritée de son père. Comment Lucrèce, ayant eu connaissance de la condition de François, aurait-elle pu accepter de devenir sa maîtresse ? Et comment aurait-elle pu par la suite concevoir avec son époux cinq enfants en parfaite santé ? Se répète à l'infini un mensonge séculaire, contre lequel il n'existe qu'un seul remède : le raconter en veillant à ne pas trahir la vérité. Et c'est justement ce que nous faisons.

L'adieu le plus douloureux est celui du sage
qui s'en va à tout jamais.

Plongés dans la mélancolie, les Ferrarais se préparaient à la perte de leur duc. L'état d'Hercule, désormais âgé de soixante-quatorze ans, ne cessait de se détériorer, et les rares moments de lucidité étaient entrecoupés de longues crises de fièvre et de tremblements.

Alphonse marche d'un pas préoccupé dans les couloirs du château, quand il voit Lucrèce accourir vers lui.

« Vite ! Ton père souhaite nous parler. »

Les deux époux parcourent à la hâte les salles qui les séparent de la chambre du duc et entrent en se tenant par la main. A la vue de son fils, le visage d'Hercule s'épanouit en un sourire consolateur, et il lui fait signe d'approcher. Alphonse s'assoit à côté de son père et prend sa main, en silence.

« Mon fils, commence le duc d'une voix faible mais heureuse, dès lors que tu perds ton père, tu as le devoir de penser aux grâces et aux dons que tu as reçus. Ils sont nombreux et personne, peut-être, n'a jamais eu pareille chance. Il est important que tu apprennes à le voir. Parfois, les choses les plus merveilleuses sont celles que nous peinons à reconnaître. Tu n'as jamais compris, mon fils, la valeur de la beauté, c'est pourtant la seule chose à pouvoir vraiment te sauver en ce bas-monde.

« Tu ne réussis pas à lire la splendeur d'un monument, d'un palais ou d'une cathédrale, même si, heureusement, la musique ne te laisse pas indifférent. Tu joues, en effet, quand tu le veux bien, de façon sublime, mais tu ne cultives pas ce don. Et pareillement, tu ne parviens pas à voir la beauté de la femme que le destin t'a offerte, Lucrèce. Je ne parle pas de celle de ses cheveux, de son visage, de son corps, mais de la beauté qu'elle porte en elle et qui transparaît au-dehors. La générosité, l'allant, la passion, le sens du sacrifice qu'elle est prête à donner à qui elle aime. Je voudrais tant être un nécromancien pour te faire voir l'enchantement qu'est cette femme.

« Et toi, Lucrèce, n'abandonne pas ton jugement aux apparences. Mon fils, que tu devras désormais soutenir dans la gouvernance du duché, est comme un tilleul gigantesque envahi par le lierre qui dissimule son parfum. Il est facile de le prendre pour un arbre mort, tout juste bon à débiter en bûches pour le feu, mais si tu te donnes la peine de le regarder, de le fouiller, tu ne pourras pas t'empêcher de lui porter un amour encore plus grand que celui que tu lui voues déjà. »

Lucrèce et Alphonse ont écouté les paroles du duc les yeux embués de larmes, et se regardent longuement.

Hercule reste un instant silencieux, puis il murmure soudain : « Maintenant, donnez-moi vos mains et jurez-moi de vous aimer et de vous aider l'un l'autre. Et prenez soin de ma ville », ajoute-t-il après un moment.

Alphonse ne peut retenir davantage ses larmes et tout son corps est secoué de sanglots. Lucrèce prend ses mains et les embrasse, en lui caressant la tête. Lorsque le fils du duc parvient à se calmer, il s'adresse à son père en ces termes : « Père, je chérirai vos enseignements à tout jamais et je ferai en sorte qu'ils donnent des fruits luxuriants pour mon bien, celui de ma dame et du duché. Mais permettez que je vous fasse un présent pour que je commence à m'entourer de cette beauté dont vous parliez. »

Il s'éclipse et glisse quelques mots à un domestique, tandis que Lucrèce se penche vers le duc et lui murmure : « Merci, père, je vous promets de le rendre heureux.

— Merci à toi, ma fille. Et dire que je me suis même fait payer pour que tu viennes ici ! Tu as été une des plus grandes joies de mon existence. »

A cet instant, la porte de la chambre s'ouvre toute grande et un chant s'élève, que Alphonse accompagne à la viole.

Lucrèce et Hercule sont sous le charme. Tous les musiciens de la Cour entourent le lit et entonnent : « *Quand je mourrai je veux voir alentour les gens danser, et me dire en chanson voyage en paix. Personne ne te pleure avec tristesse, toi qui de ta vie laisses douce joie et souvenirs chers. En nos cœurs demeure celui qui d'équité s'est nourri et du plaisir heureux de la vie.* »

Alphonse pose de temps à autre sa viole et mêle sa voix ample à celle des musiciens. Le chant terminé, Hercule se redresse dans un effort et écarte les bras tandis que son fils se précipite vers lui et le serre contre son cœur. Lucrèce assiste avec émotion à la scène et, quand son époux se relève, elle lui saute littéralement au cou et lui donne un baiser long et passionné : « Tu aurais dû me dire avant que tu étais poète ! Si je n'étais pas déjà ta femme, je te demanderais immédiatement de me concéder une première nuit d'amour. »

Quelques jours plus tard, le 25 janvier 1505, l'état de santé d'Hercule s'aggrave, et il rend l'âme, entouré de sa bru et de son fils.

Une antique tradition veut qu'après les funérailles les parents du défunt partagent un repas léger appelé « déjeuner d'adieu au défunt ». Lucrèce et François Gonzague montent au premier étage du castello Vecchio de Ferrare. Isabelle a demandé à rester au rez-de-chaussée pour éviter la difficile montée des marches. Son frère Alphonse s'est offert de lui tenir compagnie. Le beau-frère et la belle-sœur choisissent quelques mets et prennent place à la grande table, à l'écart.

« Mes félicitations, duchesse, tu y es enfin parvenue.

— Tu y vas un peu fort, comme d'habitude.

Penses-tu vraiment que mon principal objectif était d'endosser le collier ducal ?

— Non, je cherchais seulement à te provoquer. J'aime tes yeux quand tu te fâches, ils brillent d'un éclat foudroyant. Plus sérieusement, je pense à ce qui t'attend, dès lors que le nouveau duc a reconduit ta charge à la présidence de la commission pour l'examen des suppliques[1]. D'autant que tu devras aussi t'occuper des relations diplomatiques avec les Etats les plus importuns – Venise, la France, l'Espagne, et surtout le Saint-Siège. Je te préviens, et je le tiens de source sûre, que l'intention de ce Jules II est d'écraser le duché de Ferrare pour mieux l'annexer à son royaume. Et naturellement, vous chasser tous d'ici.

— Je te remercie de me mettre en garde, mais je le sais depuis un moment déjà. J'espère que lorsque le pape attaquera, tu sauras nous prouver que tu as encore de l'affection pour nous. »

Noter les événements d'une vie sert souvent
à garder en mémoire les meilleurs moments seulement.

Lucrèce tenait un journal dans lequel elle consignait les événements marquants de sa vie. En voici un fragment :

« Nous sommes le vendredi 7 et j'ai senti dans mon ventre un frémissement. Je suis certaine d'être enceinte.

1. G. Chastenet, *op. cit.*

J'éprouve une grande joie, je l'ai crié à mon mari en me penchant à l'une des fenêtres qui s'ouvrent sur la vaste cour des écuries : "Ça y est, j'attends un enfant !" »

« Lundi 7 septembre. La peste qui avait éclaté au pays des anguilles, à Comacchio, se propage jusqu'à Ferrare. Alphonse a fait préparer mes malles à l'aube, et vu que l'accouchement est proche, il m'a installée dans un *bragozzo* tiré par des chevaux pour m'éviter les secousses de la route. A hauteur de Guastalla, le canal se ramifie et une voie d'eau conduit à Reggio Emilia. Là, on s'occupera de moi et on m'emmènera en lieu sûr.

Dimanche 13 septembre 1505. A Ferrare, la terre a tremblé. Il y a eu des morts, de nombreuses maisons ont été détruites et d'autres s'écrouleront à la prochaine secousse. Toute la population abandonne la ville. Il y a plus de quatre mille fugitifs[1]. Cela signifie qu'il ne reste plus personne, pas même les chats et les chiens errants. Notre palais aussi s'est effondré ; heureusement, aucun de nous n'a été surpris à l'intérieur. C'est extraordinaire, fuir la peste nous a permis, à mon époux, notre enfant et moi, de ne pas périr ensevelis sous les décombres.

« Samedi 19 septembre 1505. Ce matin, le travail a commencé et notre enfant a vu le jour, c'est un garçon. Alphonse n'est pas là, il a dû rentrer à Ferrare afin d'organiser la reconstruction de la ville dévastée.

1. *Ibid.*

« Samedi 26. Il me revient après quelques jours ! J'ai déjà quitté le lit et je l'accueille, notre fils dans mes bras. Nous nous enlaçons en hurlant de joie. Nous nous rendons bientôt compte que nous dansons au rythme de nos baisers. »

Mais combien de fois le sourire devient-il souffrance ?

« A peine plus d'un mois a passé. Je me consume dans les larmes. De quoi ai-je été punie ? Pourquoi mon petit devait-il mourir ? Il n'avait pas encore appris à m'appeler maman. »

Un peu plus loin, nous trouvons dans ses journaux l'annotation suivante :

« 4 novembre 1505. Hier, Giulio, le demi-frère de mon mari, a été agressé par un groupe de soudards parmi lesquels se serait trouvé un autre frère d'Alphonse, le cardinal Hippolyte d'Este. On savait que le cardinal et Giulio étaient tous deux amoureux de la même ravissante jeune femme : Angela Borgia, ma cousine. Avant-hier, elle m'avait confié préférer Giulio, elle trouvait qu'un seul de ses yeux valait plus que le cardinal tout entier. Hippolyte l'a très mal pris. Le pauvre Giulio a eu tous les os du corps massacrés et il a perdu un œil. J'ai demandé à mon mari d'ordonner qu'une enquête soit faite afin d'établir l'identité des coupables de ce guet-apens et de les punir. »

Plus bas on lit :

« J'ai l'impression d'être de retour à Rome. Je pensais avoir laissé derrière moi ce climat de crimes, de complots et de trahisons, avoir enfin trouvé un endroit éclairé et civilisé, et je découvre en réalité que partout les hommes savent se montrer barbares. »

Une femme qui ne concède pas
de circonstances atténuantes et ne fait pas crédit.

Mais les attentes de Lucrèce allaient être déçues. En effet, Hippolyte étant son allié le plus important, Alphonse préféra enterrer l'affaire en faisant circuler une version où nulle mention n'était faite de la responsabilité du cardinal.

Un soir, le duc Alphonse descend les escaliers du château pour se rendre aux écuries, lorsque soudain Lucrèce se dresse devant lui : « Pourquoi as-tu maquillé la vérité ? lui demande-t-elle d'une voix indignée

— Quelle vérité ? répond-il avec irritation, sans comprendre.

— Ton frère Hippolyte agresse Giulio et le rend aveugle pour une simple vengeance personnelle, et tu restes là à regarder sans rien faire ! Je n'arrivais pas à croire que tu avais fait une chose pareille, je pensais que tu aurais suivi l'exemple de ton père, mais tu… tu ne vaux guère mieux que mon frère ! Pourquoi dois-je toujours… »

Entre-temps Alphonse, inquiet que quelqu'un puisse surprendre les paroles de Lucrèce, lui saisit un bras et l'entraîne dans la pièce voisine.

« Ne recommence jamais ça, lui dit-il aussitôt avec colère. Tu imagines le scandale si quelqu'un t'avait entendue ?

— Le scandale ! répond-elle, incrédule. Tes frères s'aveuglent entre eux et toi tu te préoccupes du scandale !

— Lucrèce, écoute-moi bien, il y a des choses que tu ne peux pas...

— Comprendre ? Crois-moi, pour tout ce qui a trait aux duperies et aux atrocités, j'ai été à bonne école, et il est certaines choses que je ne comprends que trop bien. Pourtant, je ne m'explique toujours pas comment l'on peut utiliser ses proches à des fins politiques. Comment as-tu pu toi aussi en arriver là ? »

Alphonse la fixe, sans parvenir à prononcer un mot. Lucrèce le regarde elle aussi et conclut en sortant : « Fais attention, qui choisit d'user de la tromperie et du mensonge pour servir ses propres intérêts finit souvent par se nuire et perdre sa crédibilité envers ceux qu'il aime. »

Giulio récupéra partiellement la vue, mais resta aveuglé par la soif de vengeance. L'année suivante, avec son frère Ferrante, il fomenta un complot pour éliminer Alphonse et son frère Hippolyte, mais fort heureusement le coup manqua. Ferrante fut capturé et Giulio réussit à s'enfuir à Mantoue. François Gonzague, ne voulant pas s'attirer les foudres de son beau-frère en accordant sa protection à celui qui avait attenté à sa vie, accepta de le lui livrer contre la promesse que le traître aurait la vie sauve. Giulio est conduit à l'échafaud dressé dans la cour du château de Ferrare, où le peuple s'est massé. Ferrante, l'autre conspirateur, est déjà sur la potence, entre les mains du bourreau. L'émissaire de François, qui a accompagné le prisonnier, remet la missive au duc, qui arrache le sceau, l'ouvre et lit : « Je te livre ton frère qui a cherché à te tuer, mais je te demande de tenir la parole que tu m'as donnée et de ne pas le punir de mort. »

Lucrèce apparaît alors, juchée sur son cheval, et lève un bras vers son mari comme pour le mettre en garde de sa présence.

Le duc comprend immédiatement la signification de ce geste. Il lève à son tour la main vers le bourreau et crie : « Emmenez-les tous deux en prison ! » Et, s'adressant au peuple amassé : « Le spectacle est terminé, rentrez chez vous. »

Une mauvaise nouvelle n'arrive jamais seule.
Quelques-unes sont amères, la plupart sont terribles.

Quelques mois plus tard, François arrive de Mantoue et gravit trois à trois les marches du grand escalier qui mène aux appartements de la duchesse de Ferrare. Il pénètre dans le vestibule et entend les voix et les cris de joie d'Alphonse et de Lucrèce qui proviennent du salon.

Il entre d'un pas décidé : « Veuillez excuser mon intrusion, mais j'ai une nouvelle de la plus haute importance à vous communiquer.

— Nous le savons déjà, répond gaiement Lucrèce. C'est une nouvelle qui vient d'Espagne, n'est-ce pas ?

— Oui, je l'ai reçue de l'émissaire que j'ai envoyé là-bas à ta demande. »

Alphonse s'approche : « Dis-moi, j'ai appris qu'il s'était laissé tomber d'une fenêtre à quinze coudées du sol et qu'il s'était fracturé un pied et une épaule, s'est-il rétabli ?

— Oui, mais…

— Tout ce qui compte, c'est qu'il soit sauf ! s'écrie Lucrèce.

— Il y a une partie de la nouvelle que j'aurais préféré ne jamais devoir vous apprendre…

— Oh mon Dieu, que s'est-il passé ?

— Nous savons qu'il s'est enrôlé dans l'armée du roi de Navarre, son beau-frère, dit Alphonse.

— Mais pourquoi s'en désoler, le métier des armes est celui qu'il exerce depuis toujours !

— C'est vrai, mais il y a eu une bataille, César a reçu le commandement de l'armée entière, et durant l'assaut de la ville de Viana, il est tombé dans une embuscade… Il a été tué. »

Lucrèce pousse un cri, mais sa voix se bloque et elle ne parvient même plus à parler. Elle pose sur les deux hommes un regard désespéré et se jette dans les bras de son époux.

Le soir même, elle se rend au couvent du Corpus Domini et, pendant une semaine, personne n'a de ses nouvelles.

Dans le journal de Lucrèce, on peut lire :

« 5 avril 1508. Mon bonheur ne connaît pas de limites. Hier, notre enfant est né. Il est plein de vivacité et en bonne santé. Le peuple s'est aussitôt pressé sous les fenêtres du palais en criant, comme le veut la coutume dans toute la Romagne et l'Emilie : "*Ol è né 'o pà. Ercule ol sciame*", c'est-à-dire : "Le père est rené, le voici ! Il a pour nom Hercule". »

Les personnes d'esprit naissent en nombre de plus en plus limité.

Quelques mois passent. Tout est tranquille, lorsque soudain, François fait irruption, tel un forcené, dans la chambre de Lucrèce et, sans même prendre la peine de la saluer, lui hurle : « Je t'avais suppliée de ne pas aller à ce rendez-vous avec des armes de poing et de tir.

— Mais de quoi parles-tu ?

— Allons, ne fais pas la femme étonnée qui n'est au courant de rien, qui n'y était pas, qui prétend que c'était peut-être une rixe, qui ne voulait pas, que c'était un accident…

— Pardonne-moi, mais je n'ai toujours pas compris de quoi tu parles !

— Mais comment !? On a retrouvé un homme poignardé, lardé de coups de couteau, vingt-deux pour être précis. Je comprends la passion espagnole et ta colère, mais enfin, cinq ou six auraient fait l'affaire, pourquoi exagérer à ce point ?

— Tu ne m'amuses pas du tout, ou tu m'expliques les choses clairement ou je me retire. Quel est cet homme que l'on a poignardé ?

— Ercole Strozzi.

— Le boiteux ?

— C'est cela, le boiteux, même sa mauvaise jambe n'a pas été épargnée, tu es vraiment insatiable !

— Quand est-ce arrivé ?

— Cette nuit.

— Et sait-on qui a fait ça ?

— Si toi tu ne le sais pas !

— Arrête de te moquer de moi ou je dégaine vraiment mon couteau mais pour le pointer contre toi !

— Pour l'amour du ciel, ne t'énerve pas, je ne faisais que plaisanter…

— Ah, tu plaisantais ! Quel bel esprit ! Un véritable humour de général d'armée… Et tu appelles ça plaisanter ?! As-tu tout inventé, même l'assassinat de Strozzi ?

— Non, cela est malheureusement la triste vérité, et personne n'a la moindre idée de qui sont les assassins et les commanditaires… Fais comme si je n'avais rien dit, en réalité j'étais venu pour te faire part d'une grande nouvelle : d'ici quelques mois, je partirai à la guerre.

— Toi aussi ?

— Comment ça, moi aussi ?

— Mon mari m'a fait la même annonce il y a peu. Quelle armée vas-tu commander ?

— Je serai dans l'armée pontificale.

— Toi, avec le pape ? Mais ne t'étais-tu pas rangé aux côtés des Vénitiens ?

— Je t'en prie, ne parle à personne de mon changement d'alliance, n'y fais même pas allusion ! Pour la Ligue qui est en train de se constituer, Venise est l'adversaire à abattre : l'anéantissement total de la République sérénissime.

— Quelle en est la raison ? Au fond, Venise défend ses intérêts, tout comme nous le faisons. Le pape, de même que la République de Venise, a depuis toujours des visées sur nos terres, y compris sur Ferrare et Mantoue, et voudrait n'en faire qu'une seule bouchée.

— Oui, ma chère, mais tu ne peux pas comprendre. La politique impose que chacun entre dans la danse.

— Dans quel sens ?

— On ne doit jamais rester immobiles. Un jour nous sommes ici, le lendemain il convient d'être là, m'accordez-vous cette danse ? Et rappelle-toi que le mot d'ordre de toutes les troupes de la Ligue est la paix. Nous nous réunissons à Cambrai à seule fin de discuter de la paix. De la meilleure façon de la préserver. »

Sortez le hachoir et procédons à la distribution :
le plus rapide et impitoyable se réserve
les meilleurs morceaux.

Quels étaient les alliés disposés à faire front commun ? Louis XII de France, Maximilien Ier de Habsbourg, empereur du Saint Empire romain, Ferdinand II d'Aragon, roi de Naples et de Sicile, Charles III, duc de Savoie. En somme tous les chefs d'Etat d'Europe, auxquels s'ajoutaient Alphonse Ier d'Este et François II Gonzague.

Ruzzante

Ils se partagèrent les territoires de Venise, y compris la Dalmatie et les îles de la Méditerranée, jusqu'à Chypre et Corfou. Chacun eut un morceau à croquer, sauf Ferrare et Mantoue qui reçurent en cadeau leur propre survie.

Lors de la gigantesque bataille d'Agnadel, dite aussi de Chiara d'Adda, les Vénitiens subirent une lourde défaite face aux troupes commandées par Alphonse. Celui qui le premier relate ce combat est le soldat paysan Angelo Beolco, dit le Ruzzante, qui nous narre et nous explique les raisons véritables qui ont conduit à ce massacre, au cours duquel la Sérénissime subit la plus éclatante défaite de toute son histoire.

Qu'est-ce qui poussait la Ligue de Cambrai à agresser Venise, une ville seule et privée d'alliés, avec une telle violence ?

Nul besoin d'aller chercher très loin : l'économie. Les banques de Venise avaient inventé les Maone[1], en quelque sorte les cartes de crédit. Chaque citoyen de la République pouvait, par l'achat de ces titres, participer aux profits d'une ou plusieurs opérations de marché déterminées par l'acquisition de terres (qui s'étendaient de la Dalmatie jusqu'à la Grèce et à tout l'Orient) ou la conquête armée de celles-ci. La Sérénissime, pourtant, visait rarement la conquête matérielle des territoires qu'elle entendait exploiter. La plupart du temps, elle préférait en laisser la gestion politique aux princes

1. Compagnies commerciales des villes ou républiques maritimes. (N. d. T.).

locaux et conserver pour soi le fruit des ressources du pays tout en payant un loyer. Ses territoires dépassaient de loin les bénéfices des autres puissances qui, en outre, se trouvaient lésées par la toute-puissance économique des banques, des entreprises et des marchés vénitiens. Cette implication directe d'une bourgeoisie entrepreneuriale émergeante évinça le petit groupe de *possessores*, qui jusque-là gérait l'affaire, et contribua à l'essor d'une population commercialement active.

Comment s'en sortir dans une comédie grotesque sans masque ?

A l'heure où les Etats de la Ligue se délectaient de leur victoire écrasante sur la Sérénissime dont ils se partageaient les dépouilles, à Ferrare, une des premières troupes d'acteurs professionnels dirigée par Ludovico Arioste, qui gérait le théâtre de Cour, mettait en scène une pantomime. Sur scène, des musiciens et des comédiens reproduisaient sur le mode grotesque la situation chaotique qui s'était installée dans une grande partie de l'Europe, accompagnée d'événements inattendus et souvent désastreux.

Au moment du prologue, entrent en scène des bouffons maquillés et vêtus de costumes et de masques de guerriers. Ils se battent avec férocité, éventrant les vaincus. Naturellement, ce massacre reposait sur la substitution rapide et imperceptible des acteurs par des marionnettes.

S'ensuit une danse macabre, puis apparaissent à

l'avant-scène d'autres *zanni*[1], habillés en balayeurs et tirant carrioles et charrettes chargées d'ordures. A l'aide de fourches, ils embrochent les restes des héros massacrés et les jettent, toujours en dansant, dans leurs charrettes.

Du fond de la scène, les vainqueurs s'avancent sur des trônes poussés par des évêques et autres prélats. Voici la reine de France, vêtue d'un costume de guerrière qui rappelle Jeanne d'Arc. Tout de suite après, apparaît l'empereur Maximilien, qui tient entre ses mains le globe d'or du monde qu'il jette en l'air au moment même où il en attrape un autre, beaucoup plus grand, lancé depuis le dehors de la scène. Commence alors une démonstration de jonglerie avec un nombre débordant de ballons gonflés de guenilles qui remplissent toute la scène. Parmi les jongleurs se trouve aussi le roi d'Espagne, et à côté de lui Jeanne la Folle, qui s'amuse à transpercer tous les globes avec une pointe en fer. Vous saisissez l'allégorie ?

Dans le grand final, le souverain pontife arrive du fond de la salle et monte sur scène. Il porte un masque reproduisant, toujours de manière grotesque, le visage de Jules II. Suivi de ses cardinaux, le pape se place sur une estrade et écarte les pans de sa cape ; dessous, apparaît une armure de guerrier avec bouclier et épée. Il brandit son arme à chaque bénédiction et tranche d'un coup net la tête des cardinaux qui s'en vont, décapités, danser hors de la scène.

1. Bouffons des comédies vénitiennes. (N. d. T.).

Les mimes et les danseurs s'écartent. Au centre ne reste que Jeanne d'Arc, à laquelle sont présentés quelques rouleaux de faux parchemin. Ils sont déroulés et on découvre des cartes immenses de toute la Lombardie : Brescia, Bergame, Crema, Crémone, et pour finir la grande carte de Milan. La sainte guerrière de France avale, l'une après l'autre, toutes les cartes, elle les dévore et recrache de temps à autre quelques fragments difficiles à digérer. Elle enfle à vue d'œil à mesure qu'elle se lance au fond du gosier des morceaux de territoire, son armure craque et tombe en pièces. On la rhabille aussitôt avec une autre armure, plus grande, puis une autre encore, jusqu'à ce qu'elle devienne énorme et envahisse toute la scène. Les autres Etats de la congrégation tentent de fuir de-ci de-là avant d'être écrasés contre les murs par cette ogresse.

Le pape ressort de la fosse à l'avant-scène, au milieu des musiciens. Du fond de la salle, voguant sur les têtes des spectateurs, arrive une gondole dirigée par le doge de Venise. Le pape hurle :

« Prince Sérénissime, c'est le moment de faire la paix si nous voulons survivre !

— Mais comment, Saint-Père ? Tu me massacres et ensuite tu m'appelles à l'aide ?

— Ne vois-tu pas l'ampleur que prend la reine des François ?

— Je ne te fais pas confiance, tu me mets dans ton lit et ensuite tu me traites comme une fille des rues. J'exige un mariage public. »

Changement de décor, et nous nous retrouvons à un festin, un banquet de noces. Chacun a une assiette remplie de victuailles. Oiseaux rôtis, poissons frits, fromages, fruits et légumes. Les deux mariés s'arrachent la nourriture des mains et même de la bouche. Le pontife finit par avoir l'avantage et grossit à son tour à vue d'œil. Mais hélas, il éclate. Il y a des morceaux de pape partout. Du ciel, descend très vite un autre pape à la carrure de géant. La France, grosse et grasse, cherche à se frayer un chemin à coups de ventre. Venise et la papauté attaquent de même. A la fin, éreintés par la fatigue, ils s'affalent sur la scène et s'endorment avec des ronflements sonores, presque musicaux.

Pendant que se joue cette pantomime, surviennent des faits réels qui semblent pourtant faire partie de l'absurde spectacle. Alphonse, désormais commandant des troupes de la Ligue, doit consacrer tout son temps à l'armée, au détriment de la gouvernance de Ferrare. Il décide de confier cette tâche délicate et difficile à l'unique personne à laquelle il peut se fier entièrement et qu'il considère apte à exercer cette charge : son épouse. Lucrèce devient régente absolue du duché de Ferrare. Pour elle, c'est l'apothéose.

Peu avant la bataille de Chiara d'Adda, dans laquelle Alphonse d'Este va mener l'attaque des forces de la Ligue à grand renfort de canons et d'espringales, François Gonzague, qui à son tour a pris les armes en qualité de commandant de l'armée pontificale, est frappé d'une terrible crise de vérole – perte de connaissance et de l'équilibre, forte fièvre, tremblements violents et semi-paralysie des jambes. Il n'est pas en état de mener ses troupes à la bataille. La chose se sait aussitôt et provoque les railleries des soldats et des capitaines de l'énorme déploiement. Et bientôt, comme il fallait s'y attendre, les jongleurs de toutes les villes en font un sujet de quolibets et de moqueries.

Environ deux mois plus tard, François, de nouveau sur pieds, traverse par mégarde, du fait de l'épais brouillard, avec un groupe d'hommes armés, la frontière qui sépare ses terres de celles de Venise. Il tombe sur un détachement de fantassins vénitiens qui le reconnaissent aussitôt et l'arrêtent au cri de « Voilà le traître ! »

Il est conduit à Venise et emprisonné dans la tourelle du palais. Le marquis de Mantoue pense que les Vénitiens seraient capables de le condamner à mort. Les jours s'écoulent dans les affres de l'angoisse et la souffrance, car son mal se fait durement sentir. François suppute toutefois que la Sérénissime prévoit de le retenir en otage, en vue d'échanges plus avantageux. Il serre donc les dents et tient bon.

Isabelle et Lucrèce réagissent aussitôt et envoient, chacune de sa propre initiative, des suppliques à la République vénitienne pour trouver un accord permettant la libération de François. Lucrèce implique aussi son époux qui, ne l'oublions pas, commande les troupes pontificales, afin qu'il intercède en faveur du prisonnier.

Lucrèce sait que Isabelle a sombré dans un désespoir

profond et se rend à Mantoue pour la consoler. Quand elle descend du *bragozzo* qui l'a emmenée sur le quai du grand lac, elle la voit qui l'attend devant le portail du château. Avec peine, Isabelle va à sa rencontre et l'enlace : « J'avais vraiment besoin d'une amie, et tu es la seule personne à me montrer que tu en es vraiment une. »

Une fois à l'intérieur, les deux femmes s'installent comme d'habitude au rez-de-chaussée et on leur apporte une collation.

« Quelles nouvelles m'apportes-tu ?

— Peux-tu, en usant du plus grand tact, faire sortir tous les domestiques ?

— Tout de suite, mais pourquoi, qu'y a-t-il ?

— Tu vas comprendre. »

Isabelle prie qu'on les laisse seules.

« Que se passe-t-il ?

— Je m'apprête à te donner une excellente nouvelle pour ton mari, mais que personne ne vienne à l'apprendre. D'ailleurs, es-tu certaine qu'il n'y a pas d'oreilles indiscrètes derrière les portes ou sous les fenêtres ?

— N'aie crainte, nous sommes entièrement seules.

— Parfait. Tu sais que j'ai demandé à Alphonse d'œuvrer à la libération de François.

— Oui, je suis au courant, et je t'en remercie. Et je sais aussi que le pape tient ton époux en grande estime et a fait de lui son conseiller de prestige.

— C'est exact, c'est de là que nous vient la bonne nouvelle.

— Dis-moi tout.

— Le pape a confié à Alphonse, dans le plus grand secret, vouloir modifier une fois encore les alliances.

— Les alliances ?

— Moins fort, c'est une chose que je ne devrais pas savoir, et pas même Alphonse. Il semblerait que le pape Jules II ne considère plus Venise comme une menace aussi grave.

— Mais la Ligue n'est-elle pas déjà en train de se partager ses territoires ?

— Oui, mais le pape s'apprête aussi à conclure une alliance avec le doge.

— Comme ça ? Du jour au lendemain ? Ils sont des ennemis mortels aujourd'hui et demain ils deviennent alliés ?

— Je sais d'expérience, sourit Lucrèce, qu'en politique rien ne change aussi facilement que les alliances. Mais en l'occurrence, cela jouera en notre faveur.

— Que se passera-t-il une fois ce nouvel ordre instauré ?

— Je l'ignore, et cela n'a pour l'heure aucune importance, ce qui compte c'est que lorsque Venise et le pape seront dans le même camp, nous aurons la certitude que ton mari aura la vie sauve et sera libéré ! »

Isabelle, oubliant presque ses difficultés de mouvement, lui saute au cou : « Tu es mon ange gardien, Lucrèce ! »

Tout va pour le mieux. Le revirement politique a bien lieu. Venise et le pape font la paix et concluent aussi une alliance. François recouvre immédiatement la liberté. Après un an de prison, il rentre chez lui en piteux état, mais heureux. Fêtes, embrassades et chants.

A l'instant même, pourtant, les pactes d'alliances se renversent à leur tour, provoquant pour Ferrare un véritable désastre. En effet, le pape a décidé de faire la paix avec Venise tout en se préparant à une guerre contre la France. Il faut dès lors abandonner Louis XII, dissoudre la Ligue de Cambrai et constituer une nouvelle ligue, sainte cette fois, à laquelle s'uniront l'Allemagne et l'Espagne. Dieu est avec nous.

Alphonse d'Este, gonfalonier de l'armée pontificale, refuse de retourner ses armes contre les Français, qui sont depuis toujours les alliés de sa Maison. Le pape l'excommunie sur-le-champ et décide de déclarer la guerre au duché, afin de le ramener sous la tutelle de l'Eglise.

Comble du paradoxe, le commandant des troupes chargées d'attaquer Ferrare sera le marquis de Mantoue réhabilité, François Gonzague, élevé à la charge de gonfalonier à la place d'Alphonse. En outre, comme gage de sa fidélité au souverain pontife, François est contraint de donner en otage son fils de dix ans, Federico, celui auquel il a justement transmis la vérole.

Alphonse a donc décidé de s'opposer à la Sainte-Ligue aux côtés des Français. Comme nous l'avons vu, durant son absence la gouvernance de Ferrare est assurée par Lucrèce, qui fait montre d'une lucidité et d'une détermination impressionnantes. La duchesse écrit plusieurs lettres à son beau-frère, inopinément devenu un ennemi, afin qu'il évite par tous les moyens d'attaquer le duché.

Sa première pensée a été d'emmener ses enfants à Milan pour les mettre à l'abri (elle a accouché l'année précédente d'un autre garçon, Ippolito). Mais le peuple a en elle une confiance si grande qu'une foule immense marche sur le château et demande à pénétrer dans la cour. Elle descend au milieu des Ferrarais et un porte-parole la prie de ne pas les abandonner.

« Tu es notre seul espoir, avec toi nous nous sentons protégés, mais si tu t'en vas, nous quitterons nous aussi la ville. »

Lucrèce dissimule son émotion derrière un toussotement : « Après une telle requête, pour aucune raison je ne partirai. A moins que nos ennemis ne me capturent. »

Lucrèce reste donc à Ferrare pour organiser la défense des murs de la ville. Un nouveau bastion est ajouté, à la construction duquel participent aussi bien les hommes que les femmes[1].

Son époux dirige les travaux. On raconte à son propos une anecdote vraiment singulière. Tandis qu'il est sur un des remparts pour superviser son renforcement, un émissaire du pape arrive de Rome pour lui remettre un bref. Le duc déchire l'enveloppe et lit la missive à haute voix afin que chacun puisse l'entendre : « Moi Jules II, pontife de la Sainte Eglise romaine, vous intime de consigner les clefs de la ville à l'émissaire que je vous ai envoyé. A défaut,

1. S. Bradford, *op. cit.*

d'ici quelques jours, vous verrez arriver l'armée entière du Saint-Siège, appuyée par les Espagnols et les Allemands. »

« Très bien, dites au pape qu'il m'a convaincu. Lorsque je verrai ses soldats apparaître, les clefs lui seront remises. » Sur ces mots, Alphonse prend amicalement le messager par le bras et l'emmène quelques pas plus loin. Il lui indique un énorme canon, déjà en position et prêt à faire feu : « Voyez-vous cette machine monstrueuse ? On l'appelle le Grand Diable. Elle ne tire pas des pierres mais des boules de métal. » Et ce disant, il lui montre le projectile : « Regardez, il est composé de deux morceaux, l'intérieur est creux, la fermeture se fait grâce à un pas de vis, il suffit de tourner pour qu'il s'ouvre. » Il sort une clef de sa poche. « J'y mets la clef pour le pape, je ferme, j'insère le projectile dans la gueule du canon et boum ! je tire et lui envoie la clef directement entre les bras, en plein ventre. S'il se tient tranquille naturellement.

Au début, on le nomma le « mal français »,
puis le « mal de Naples », au XVI*e* *siècle,*
on le baptisa « la médaille du général ».

Mais ce pape ne tient jamais en place. A l'heure qu'il est, il est déjà arrivé à Bologne, où sont stationnées les troupes de François Gonzague, à qui il ordonne : « Au travail, que diable !

François Gonzague, dans l'impossibilité de diriger l'armée du pape.

— Vous devez me pardonner, Saint-Père. Ce n'est pas que le courage me manque, ni la volonté, mais je suis au plus mal : des attaques de cette maladie qui me ronge. Je prends du mercure toutes les heures, je m'empoisonne rien que pour calmer un peu la douleur. Vous pouvez me comprendre, Très Saint-Père, vous qui avez contracté la vérole avant moi et qui connaissez les tourments qu'elle fait endurer.

— Tu as raison. Repose-toi, et lance l'attaque quand tu te sentiras mieux. Mais surtout, n'en souffle mot à personne, ni de ton mal ni du mien ! »

Pendant ce temps, à Ferrare, Lucrèce s'efforce de donner du cœur à la population et d'accueillir avec reconnaissance et cordialité les alliés français. Elle organise pour eux des fêtes sur les places de la ville et invite les capitaines dans ses palais.

Le plus célèbre chevalier du roi de France, Pierre Terrail de Bayard, le légendaire « chevalier sans peur et sans reproche », a écrit à son propos : « Elle était belle, bonne et douce à toutes gens. Moi qui ai eu la chance de la fréquenter, je peux bien dire qu'elle était une perle en ce monde. »

Presque par hasard, dans la plaine de Ravenne, où un siècle auparavant affleurait encore un lac fangeux qui entourait les cinq îles dont était composée la ville, les deux armées s'affrontent. Les forces unies des Ferrarais et des Français, soutenues par l'artillerie commandée par Alphonse, défont les troupes de la Ligue.

A la fin de l'assaut, des milliers de morts des deux camps jonchent le champ de bataille. Les Français ont perdu leurs meilleurs hommes, dont Gaston de Foix, commandant en chef de l'armée. Il existe à Ravenne une stupéfiante sculpture de marbre de ce guerrier, ceint de son armure, mort au champ d'honneur. Les troupes françaises décident d'abandonner la partie et s'en retournent à Milan. Ainsi, le peuple de Ferrare reste seul avec le duc et la duchesse.

Alphonse n'étant plus en position de faire face au pape, il se rend à Rome dans l'espoir d'arracher un accord de paix. Le pape lui répond : « Je te concède le pardon, mais tu dois renoncer à toutes tes possessions.

— Accordez-moi une nuit de réflexion. Il me faut aussi rédiger un courrier pour en avertir mes sujets. »

Il prend la direction du palais Saint-Clément, où il loge, mais à mi-chemin, il bifurque et chevauche jusqu'à la Porte San Giovanni. Là, il tombe sur une procession funèbre qui emmène hors de la ville les dépouilles des pestiférés. Il se glisse en bout de cortège et s'enfuit jusqu'au Pô, sans s'arrêter un instant pour reprendre son souffle.

Informé de la fuite du duc, le pape comprend qu'il a été dupé et donne l'ordre de préparer les troupes pour remonter au nord. Destination Ferrare.

Alphonse met trois mois à rejoindre sa ville, tant il est contraint d'emprunter des chemins de traverse pour éviter les sbires du pape lancés à ses trousses. Il se fait escorter par Fabrizio Colonna, qui le guide à travers des sentiers isolés.

A Ferrare, Lucrèce apprend que les terribles mercenaires suisses sont déjà en route, et on s'active pour organiser la défense. Dans l'attente du retour de son mari, c'est elle qui encourage chacun avec calme et sérénité.

Isabelle participe avec anxiété au sort de sa ville natale. Dans une lettre qu'elle adresse au cardinal Hippolyte, son frère, elle s'insurge : « [Le pape guerrier] prétend avoir tous les biens de la maison d'Este en son pouvoir, que Dieu le ruine au plus vite et le fasse mourir comme j'espère qu'il adviendra. »[1] Comme on dit à Ferrare, Dieu a mille oreilles et écoute toujours de la bonne. C'est ainsi que le pape a un dernier coup de sang et meurt. La nouvelle arrive à Ferrare à une vitesse incroyable. Le peuple laisse éclater sa joie avec des cris d'allégresse, des danses et des festivités inénarrables.

Le pape que nous avons vu descendre du ciel dans la pantomime grotesque est le successeur de Jules II, Léon X, le fils de Laurent de Médicis. Et comme à la fin de cette même pantomime, le pape Giuliano della Rovere, qui souhaitait annexer Ferrare et toutes ses possessions, rend son âme à Dieu.

Les habitants de la ville fêtent avec un enterrement de carnaval la descente aux enfers du pape honni et applaudissent le nouveau pontife, qui se montre favorable à la Maison d'Este. Œuvre en sous-main derrière lui un personnage que nous connaissons bien et qui l'a

1. *Ibid.*

convaincu de changer de politique à l'égard du duché. Il s'agit de Pietro Bembo, élevé à la charge de secrétaire particulier du Saint-Père, fait surprenant car nous le savions peu enclin à revêtir l'habit du politique. Mais nous n'allons pas tarder à être abasourdis de le voir endosser le vêtement et les parements de cardinal.

Quel goût y a-t-il à être riche s'il n'y a pas de pauvres à plaindre ?

C'est à cette époque que Lucrèce décida, pour venir en aide aux indigents de la ville et de la campagne, d'ouvrir le premier Mont-de-piété de Ferrare. Qu'est-ce qui poussa celle que tous surnomment désormais « la duchesse gentille » à mettre en place, à ce moment-là, cet ultime soutien ?

Les guerres continues avaient eu des conséquences désastreuses dans toute la plaine du Pô. Les champs avaient été dévastés par les armées qui chassaient les paysans de leurs terres, provoquant ainsi des pénuries de grains et de légumes jusque dans les marchés des villes. Comme toujours en temps de crise, les usuriers proliféraient. Lucrèce n'avait pas l'intention de fonder un institut de crédit sur le modèle des banques de prêt traditionnelles qui avaient surgi dans la plupart des villes. Si elles prêtaient de l'argent à des taux moins brutaux que les usuriers, elles n'en étaient pas moins la cause de calamités collectives effrayantes.

A la fin du XVe siècle, à Florence, la plus importante banque de crédit de la péninsule, la Banco dei Medici, fait faillite. Cette catastrophe frappe en premier les petits marchands, les artisans et les boutiquiers, ainsi que tous les pauvres gens. Qui n'a plus les moyens de payer ses charges est contraint de vendre son logement et de quitter la ville.

De retour à Ferrare, Lucrèce, qui est toujours chargée de l'examen des suppliques, croule sous les appels à l'aide de citadins en difficulté. Lui vient alors l'idée de créer une institution, pourtant complexe et onéreuse pour les caisses du gouvernement de la ville.

Elle s'est sans aucun doute inspirée des écrits d'un précurseur de son époque, frère Bernardin de Sienne, dont les prêches furent compilés et imprimés en langue vulgaire du vivant du saint homme. Il est probable que Lucrèce ait eu connaissance de ces textes lorsqu'elle s'était retirée au couvent après sa séparation forcée avec son premier époux, Giovanni Sforza.

Dans ses prêches, Bernardin n'abordait pas des questions génériques de doctrine mais traitait d'économie, des marchés et de la survie. Il fut l'incroyable auteur d'une œuvre intitulée *Sui contratti e l'usura*. Dans cet écrit, le frère étudie avec passion les problèmes posés par la propriété privée, la spéculation et l'exploitation des travailleurs. On en viendrait presque à soupçonner que Marx s'en est inspiré. Ses prêches avaient trait non seulement à la spéculation et à l'usure, mais il s'y insurgeait aussi contre un phénomène qui s'était alors répandu au point de créer des dommages profonds au sein de la société : le jeu de hasard, véritables razzias qui n'étaient pas le fait de simples groupes criminels privés. Les gouvernements des Etats, y compris le Vatican, tiraient des recettes conséquentes de la gestion des loteries et autres paris collectifs.

Tout aussi absurde que cela paraisse, un procès pour hérésie est intenté contre Bernardin. La principale accusation retenue contre lui est d'avoir déclaré que la monnaie, y compris la devise pontificale, est un outil du démon. Le procès se clôt sur une absolution, tant mieux pour lui.

Lucrèce commença par écrire le texte d'un *cri*, puis elle chargea un nombre important de tambours de ville d'en faire lecture sur les places des marchés et, avec l'agrément de l'évêque, dans les églises pendant les offices. Le texte disait ceci : « Depuis des années sévit dans cette ville un nombre important d'infâmes personnages qui pratiquent l'usure. La peste cause sûrement moins de désastres que ces prêts usuraires. Des familles entières se sont vues ruinées par ces criminels, qui proposent des taux à trente pour cent pour ensuite augmenter de manière systématique les intérêts de qui tarde à rembourser. Grâce à cette nouvelle banque de charité, nous nous substituerons à eux, non pour vous soutirer de l'argent à leur place, mais pour empêcher que ces canailles vous l'arrachent des poches. A Venise, cela fait des années que les vils prêteurs sont sévèrement punis : mis au pilori, ils sont pendus des jours durant dans une cage à la tour de justice, dépouillés du droit de cité et à tout jamais chassés des murs de la ville. Que ces infâmes soient prévenus : nous appliquerons la même loi à Ferrare. A cette fin, nous avons créé une escouade spéciale qui nous a procuré les noms des malfaiteurs et certains, en ce moment même, sont déjà en prison. Par l'intermédiaire de cette banque nouvellement fondée, nous accepterons les demandes de prêt, ne craignez pas que votre besoin soit jugé indigne, aucun gage ne vous sera réclamé. En échange, toutefois, vous devrez vous soumettre à des travaux d'intérêt général quelques jours par semaine jusqu'à remboursement de votre dette. »

Pour ce cri aussi, Lucrèce s'est très probablement inspirée d'une des harangues que saint Bernardin clamait sur les places de Sienne et qui venait alors d'être réimprimée.

D'où sort ce saint pour le moins révolutionnaire ? Il a tiré nombre de ses idées de Catherine de Sienne, qui avant lui avait prêché dans les rues de la ville du *palio*. Elle était encore jeune lorsqu'elle avait intégré la communauté des sœurs de la Pénitence de Saint-Dominique (surnommées les *Mantellate*). Il lui arriva plus ou moins la même rencontre que celle qu'avait faite saint François : elle porta secours à une lépreuse et comprit alors que sa voie était de vouer sa vie aux miséreux.

Durant les nombreuses épidémies, l'aide apportée aux malades était déplorable. Catherine réussit à mobiliser un nombre conséquent de garçons et de filles qui devinrent la *Bella Brigata*, ou Belle Brigade. Ces volontaires formèrent de véritables nuées de jeunes en liesse qui prenaient soin des nécessiteux. C'est de là qu'ils tirèrent leur amusant surnom. Tout est né du climat que cette jeune femme savait créer autour d'elle.

Il suffit de lire quelques lignes des lettres qu'elle dictait à ses disciples pour en saisir la langue insolite : « Il n'est pas difficile de demeurer dans la sainte dilection de Dieu. Doux Jésus. Jésus amour. Qui parmi nous réussira à vivre dans la stupéfiante conscience de notre transit en ce monde, aussi rapide qu'une pointe d'aiguille déplacée par le vent, il ne cherchera ni honneurs ni états ni grandeur ; ni richesse, il possédera avec avarice : même, s'il a la richesse, il sera le dispensateur du Christ auprès des pauvres. »

Cette façon de s'exprimer, simple et poétique à la fois, surprend et émeut des hommes cultivés et de pouvoir, comme par exemple Bernabò Visconti, mais aussi des évêques et même des papes, envers lesquels elle n'éprouve aucune timidité.

« Que fais-tu là-bas, en Avignon ? Depuis des siècles ton siège est à Rome et tu l'as laissé vacant. A quelle fin ? Quel avantage donnes-tu à l'Eglise ? Serait-ce là-bas, en Provence, que pour la première fois Pierre a lancé ses filets de pêche ? Serait-ce là-bas qu'il s'est fait crucifier tête en bas pour ne pas copier le sacrifice du Christ ? Un jour, si tu en as le temps, il te faudra m'expliquer pourquoi tu t'en es allé en Avignon suivi d'une cohorte de banquiers si nombreuse qu'elle dépasse celle des évêques qui t'accompagnent. »

Lucrèce apporta avec elle à Ferrare, outre les prêches de Bernardin sanctifié, les lettres de sainte Catherine qu'elle avait réussi à récupérer dans les couvents de Rome. Ces écrits, dès le début de sa vie, guident sa façon d'être et d'agir. Par son exemple, elle réussit à sensibiliser une partie de la Cour et surtout Alphonse, avec lequel elle instaure un rapport d'amour authentique.

En hommage à saint Bernardin et à la pensée de sainte Catherine elle fonde même un couvent de sœurs dominicaines, se gardant bien, toutefois, d'en faire une sorte de maison de la mortification dédiée exclusivement à la contrition et à la prière et où l'union se réaliserait dans le refus de tout ce qui peut distraire de la contemplation.

Et comme saint Bernardin, elle répétait sans cesse : « Tout ce qui de joyeux vient de Dieu n'est jamais péché, c'est l'exaltation de la nature elle-même. » Ou encore : « Le don le plus grand que l'on puisse faire au Christ est celui de donner, non de recevoir. »

Pour le neuvième anniversaire de la fondation du couvent, les converses et les anciennes invitent Lucrèce à prononcer un discours qui restera dans les annales de cette institution religieuse.

« Nous n'avons pas édifié ce lieu en l'entourant de murs pour nous protéger des pièges physiques et moraux du monde, mais, comme le dit sainte Catherine, pour nous ouvrir au monde et pour qu'en nos cœurs vive et se réalise l'amour. Amour non seulement envers Dieu, mais aussi envers chaque créature qui en aurait besoin.

« L'amour est la plus grande invention du Créateur,

surtout quand, comme le disait saint Ambroise, nous impliquons tout notre corps et toute notre âme dans ce rite extraordinaire qui est aussi celui de notre naissance et de notre ascendance.

« Mes chères sœurs, je veux vous dire qu'il y a quelques semaines, j'ai donné la vie à une fille, qui a aussitôt montré tous les signes d'être une enfant heureuse et en bonne santé. Je pensais que j'aurais moi aussi joui de son énergie miraculeuse, mais ce fut le contraire et je dois payer mon tribut à la nature. Peut-être pas tout de suite, la douleur s'étant calmée. Mais je sais qu'elle reviendra. Et si grande est la faveur que m'accorde le Créateur, je sais que la fin de ma vie approche et me rends compte que dans quelques heures elle aura cessé[1]. Je recommande mon époux et mes enfants à vos prières. Et que cette vie vous rappelle dans la joie comme il est merveilleux d'être de ce monde. »

---

1. Lettre de Lucrèce Borgia à Léon X, citée par S. Bradford, *op. cit.*

Lucrèce

BIBLIOGRAPHIE

Lucrezia Borgia. Storia e mito, sous la direction de Michele Bordin et Paolo Trovato, Leo S. Olschki editore, Florence, 2006.

Pietro Bembo, Lucrèce Borgia, *La grande fiamma. Lettere 1503-1517*, Archinto, Milan, 1989.

Sarah Bradford, *Lucrezia Borgia. La storia vera*, Mondadori, Milan, 2003.

Geneviève Chastenet, *Lucrèce Borgia*, Lattès, Paris, 1993. Réédité en septembre 2014 sous le titre *Lucrèce et les Borgia*.

Alexandre Dumas, *Les Borgia*, Archipoche, 2011.

Roberto Gervaso, *I Borgia*, Rizzoli, Milan, 1980.

Ferdinand Gregorovius, *Lucrezia Borgia*, Salerno Editrice, Rome, 1983.

Marion Johnson, *Casa Borgia*, Editori riuniti, Rome, 1982.

Nous remercions particulièrement la Biblioteca Malatestiana de Cesena et la bibliothèque communale Aurelio Saffi de Forlì.

TABLE

Composition et mise en pages
Nord Compo à Villeneuve-d'Ascq

Cet ouvrage a été imprimé
par Estella Graficas
pour le compte des éditions Grasset
en mars 2015

N° d'édition : 18730
Dépôt légal : avril 2015
Imprimé en Espagne